Sylvain Chantal

Né en 1974, Sylvain Chantal est scénariste et auteur de plusieurs pièces de théâtre. Il a également été journaliste à *L'Équipe* et à *France Football*, et travaille toujours pour une agence de presse.
Après *Tu*, *Pas Dieu possible*, *Voilà voilà* et *Turco*, il signe son cinquième roman avec *Fièvre de cheval*, paru en 2021 chez Le Dilettante. Comme Anatole, le héros de cette histoire, Sylvain Chantal ne connaissait rien aux courses hippiques, quand l'envie lui est venue de se plonger dans l'univers des bars PMU.

Retrouvez toute l'actualité de l'auteur sur :
www.sylvainchantal.fr

FIÈVRE DE CHEVAL

SYLVAIN CHANTAL

FIÈVRE DE CHEVAL

LE DILETTANTE

FSC
www.fsc.org
MIXTE
Papier issu de sources responsables
FSC® C003309

L'éditeur de cet ouvrage s'engage dans une démarche de certification FSC® qui contribue à la préservation des forêts pour les générations futures.

Pour en savoir plus :
www.editis.com/engagement-rse/

ISBN : 978-2-266-32528-8
Dépôt légal : juin 2022

À Chloé, Gilles et Robert

Il s'appelait Turbo. Sans doute son propriétaire lui avait-il assigné ce nom, synonyme de vélocité, pour inciter les turfistes à parier sur lui. Ce cheval, marron je crois, mais je ne m'en souviens plus trop car mes yeux effectuaient d'incessants allers-retours entre mon ticket et l'écran de télévision, me permit de remporter la brusque somme de mille deux cents euros. J'avais aimé son patronyme, ça claque, Turbo, et misé dix euros sur lui alors qu'il était coté à cent vingt contre un. Parti en queue de peloton, il avait longé la corde, dépassé Amityville, la casaque rouge et jaune qui menait pourtant les débats depuis le départ de la course, et coiffé tout le monde sur la ligne d'arrivée, y compris Lorette du Clos, annoncé comme le grandissime favori de l'épreuve. La course terminée, j'avais introduit mon ticket dans la borne automatique, attendu le scan du QR code, et le verdict était tombé : c'en était fini de moi.

C'était le 27 juillet. À cette heure tardive de l'après-midi, nous n'étions que sept clients au PMU Le Platane.

Je me souviens qu'on était sept, car dans ce bar on se compte, on se dévisage, on traque ceux qui, et parfois il y en a. On les envie. J'avais pris garde à ne pas fanfaronner devant mes collègues d'infortune qui déchiraient avec rage leurs tickets perdants, dont un vieux monsieur à la chevelure grise qui s'indignait qu'un tocard pareil, qui d'habitude ne mettait pas un sabot devant l'autre, remporte la troisième course de Cagnes-sur-Mer. Et mon ticket ressortit de la borne verte avec cette inscription : *Chèque de gain 1 200 € – Remboursable en espèces à la caisse et utilisable pour parier jusqu'au 27 septembre – Au-delà de cette date, le présent justificatif ne sera ni échangé ni payé, en totalité ou en partie – Utilisable dans les points de vente offrant ce service – Informations importantes au verso.* Pas la peine de me regarder comme ça ; je suis sûr que vous non plus, en pareil cas, vous ne les auriez pas lues, les informations importantes au verso.

Mille, mille cent, mille deux cents, vous videz ma caisse, mais je suis contente que vous empochiez une belle somme. Pierrette, la propriétaire du Platane, m'aimait bien. Enfin, elle était surtout désolée qu'un type comme moi se fût mis aux courses. Je dis un type comme moi, car je détonnais au sein de sa clientèle. D'abord, je ne l'appelais pas Pierrette, mais madame. Ensuite, je formulais des s'il vous plaît et merci à chaque fois que je commandais une bière, ce qui n'était pas le cas de ses autres clients qui l'interpellaient le plus souvent par de laconiques et discourtois un café verre d'eau ou dix euros Gagnant-Placé sur le Sept. Et la politesse, tu connais ? répétait-elle à l'envi. Alors bien sûr, quand je me présentais au comptoir en m'excusant de la déranger, Pierrette appréciait. D'ailleurs, je me présentais souvent au comptoir et respectais plus qu'à mon tour la consigne écrite à la main sur une feuille A4 scotchée sous le téléviseur : *Consommation obligatoire toutes les 45 minutes* ; je m'enfilais un demi à chaque course, et les courses, c'était toutes les quinze minutes. J'étais sans doute le seul client à boire. Les habitués du Platane préféraient garder pour les paris leur maigre pécule, qu'ils ne se résignaient à amputer pour une consommation que lorsque les remontrances de Pierrette devenaient plus vives. Je mesurai assez vite que le bar, fréquenté dans son écrasante majorité par des chômeurs et des retraités, était davantage rempli en début de mois, lorsqu'étaient versées les allocations de chacun, puis se vidait à mesure qu'approchait le 31. On était donc plus tranquille le 27.

Un type d'une quarantaine d'années qui passe des heures à regarder galoper des canassons, ça ressemble à un chômeur. Alors, je ressemblais à un chômeur. Je ne l'étais pas pourtant, car du travail j'en avais à ce moment-là. Et assez rémunérateur même. D'où l'imprudente facilité avec laquelle j'introduisais ma carte bleue à l'intérieur de la borne. Quand la majorité des joueurs se contentait de miser un euro cinquante, le montant minimal des paris, je dépensais bien davantage sur chaque course. Abdelkader, un client du Platane, m'avait expliqué que ceux qui épluchaient les journaux spécialisés comme *Paris-Turf*, *Bilto* ou *Tiercé Magazine* ne gagnaient jamais rien : ils respectaient trop les cotes. Les cotes, ce sont les chiffres affichés en bas de l'écran. Sur une première ligne, s'étalent les différents chevaux numérotés de Un jusqu'à Dix-huit et, juste en dessous, figurent les cotes qui leur correspondent, c'est-à-dire le rapport entre les chances de perdre et celles de gagner qu'offre un cheval dans une course. La cote est à dix contre un quand l'équidé est présumé avoir dix chances de perdre contre une seule de gagner.

Cela expliqué, je dois maintenant vous raconter ma première fois, même si les gains ne furent en rien comparables à ceux remportés grâce à Turbo. C'est peu de dire que ces histoires de cote m'étaient ce jour-là bien étrangères : j'avais joué la date de naissance de mon grand-père. Deux, Onze, Dix-sept. Comme ça, sans réfléchir. La borne de paris m'avait toujours intrigué depuis que je fréquentais les PMU, mais je n'avais jamais osé m'en approcher. Car oui, je fréquentais souvent les PMU depuis quelque temps. La vie en général, et la mienne en particulier, m'avaient progressivement déçu. Travail peu enthousiasmant, aspirations maintes fois réprimées, échecs amoureux, le lot classique de toute personne qui dépasse la quarantaine. Chez Houellebecq, ça ne dure heureusement que deux cents pages ; moi, je subissais cela depuis seize mille jours. J'aurais pu claquemurer cette aigreur à mon domicile. J'avais préféré la confronter à celle de ceux qui n'attendaient plus rien de la vie, si ce n'est un Deux ou un Trois à Clairefontaine : les clients du Platane. Dans les PMU, pas d'apparence à soigner, pas de maniérisme à adopter. Je m'y sentais bien, voilà tout, et j'avais retrouvé une place, celle que j'avais fini par abandonner dans la société : le comptoir. Certes, que ce soit chez mes proches, qui de plus en plus ne justifiaient plus cette appellation, ou chez les habitués du troquet, on devait se poser des questions sur les raisons de ma présence en ces lieux que d'aucuns qualifient de sordides, mais au moins, on ne me les formulait pas. On me laissait tranquille, vider mon cerveau et mon demi. Parfois j'achetais des jeux à gratter, même pas dans l'espoir de remporter le gros lot, juste pour passer le temps. Et je buvais en contemplant le ballet continu des abeilles qui gravitaient autour de la ruche verte. Puis un jour, j'ai à mon tour introduit un peu de nectar dans la borne des paris. Quatre euros cinquante pour commencer (un cinquante par cheval). D'abord, il me fallut en comprendre les mécanismes. Spot, Trio, Quarté, Flexi, Multi, Couplé, Deux sur Quatre, Quinté, mon doigt se promenait sur les touches et avait fini par se poser sur Simple Gagnant, fonction sans doute pensée pour des néophytes comme moi. Mon ticket, le premier d'une longue série, sortit. Bzzzzzz.

Accoudé au comptoir, j'avais regardé la course, le Onze avait été disqualifié d'entrée, le cheval s'étant lancé dans un galop alors qu'il s'agissait d'une épreuve de trot, c'était mon voisin qui me l'avait expliqué, le Dix-sept était à la ramasse et ne présentait aucune chance de remporter quoi que ce soit, mais le Deux s'accrochait, le Deux était en embuscade, juste derrière le trio de tête, le Deux effectuait une course parfaite, toujours selon mon voisin, car il avait ménagé ses efforts au contraire du Six qui avait grillé trop vite ses cartouches, le Deux, alors que nous étions dans les trois cents derniers mètres, occupait maintenant la deuxième place, le Deux, putain, vas-y le Deux, le Deux jetait ses dernières forces dans la bataille, et puis le commentateur de la chaîne Equidia déclara qu'il y aurait photo entre le Douze et le Deux. Ça veut dire quoi, photo ? Montre-moi ton ticket, répondit mon voisin de comptoir. Ça veut dire que t'as misé un euro cinquante sur un canasson pourri coté à cent quarante contre un et que dans cinq minutes, après le verdict de la photo, tu sauras si t'es un sacré cocu ou pas. Je ne risquais pas ; célibataire. Quand Pierrette a dit on ferme, mon bilan était encore créditeur d'une trentaine d'euros. Car je ne m'étais pas contenté de cette course : sitôt celle-ci terminée, j'avais réinvesti le montant de mes gains dans une autre course, puis une autre, et encore une autre. Jusqu'à la fermeture du PMU, ah bon, il est déjà 20 heures ? Voilà, j'y avais pris goût, et il ne m'avait pas fallu plus d'un après-midi. Mais je n'étais pas encore irrémissiblement perdu. J'avais encore conscience, ce soir-là, que je ne devais pas m'aventurer à jouer. En sortant du Platane, je m'étais juste dit que c'était chouette, mes gains m'avaient permis de financer ma consommation de bières et de cigarettes, que c'était très bien comme ça, que j'avais passé un bon moment, qu'il ne m'en fallait pas plus, que, on était bien d'accord, ça devait rester occasionnel, que, on était bien d'accord, hein, Anatole ? Ne me regardez pas comme ça : oui, parfois je soliloque, pour bien me me me rappeler que, je peux bien vous le dire à vous, j'ai un comportement addictif. Une sacrée propension à l'addiction, même. Sinon, je n'en serais pas là.

Pour cette raison par exemple, jamais je ne me suis risqué à consommer de la drogue. Maintes fois cependant, j'ai été sollicité. Dès l'âge de dix-sept ans, je me suis trouvé face à un baril de cinq litres de lait, un baril de cinq litres, non je n'exagère pas, dont le contenu avait été remplacé par de la cocaïne pure à quatre-vingt-quinze pour cent. Elle m'arrive en droite ligne de Cali, hi hi hi, m'avait expliqué Max, fier de son jeu de mots. Je l'achète auprès du neveu d'un baron de la drogue. Max, c'était le tenancier de l'établissement Charcutería de Francia, où j'allais, en habitué, manger un sandwich de rillettes préparé par ses soins. Quand on vit à l'étranger, même si la gastronomie locale est excellente (et la colombienne l'était), on éprouve la nostalgique envie de retrouver quelques saveurs de son pays d'origine. Moi, c'étaient les rillettes. Dix ans plus tôt, Max avait débarqué en Colombie pour visiter son frère qui effectuait son service civique à Santa Fe de Bogotá. Tombé aussitôt dans la coke, Max avait résolu de s'installer dans la capitale colombienne et de monter un négoce pour subvenir à ses besoins de toxicomane. Son enseigne, sa couverture devrais-je dire, proposait des mets français qu'il cuisinait lui-même à destination de ses compatriotes qui travaillaient à l'ambassade voisine. L'arrière-boutique, pour sa part, offrait plutôt des spécialités du pays hôte, à commencer par la cocaïne que Max refourguait à quatre mille pesos le gramme, l'équivalent de trois euros d'aujourd'hui. Alors bien sûr, Max voulait que j'y goûte, que j'y plonge mes juvéniles narines. Mais à dix-sept ans, j'avais déjà, c'était tant mieux, ciselé mes failles. Tu vas voir, elle est extra. Comme avec Pierrette, j'étais déjà très poli à l'époque : non, merci. J'ai donc vécu quelque temps dans ce pays sud-américain sans succomber à la tentation de cette came quasi pure, puis les trois autres décennies de ma vie en refusant la même marchandise. Car c'est une constante : on vous en propose tout le temps, et pas forcément dans un excès de générosité, mais plutôt pour que vous vous retrouviez dans la même mouise que ceux qui vous suggèrent d'en prendre à votre tour. Pour la cocaïne, je tiens cette ligne de conduite (moi aussi je peux faire des jeux de mots), mais il n'en est pas de même pour l'alcool, que j'ingurgite en quantité non négligeable depuis des années. Je peux passer une journée sans boire un verre, mais dès lors que j'en prends un, celui-ci est inexorablement suivi d'une vingtaine d'autres. Et les cigarettes, c'est pareil. Et puis le. Bref, revenons à notre sujet si ça ne vous dérange pas.

C'est curieux qu'on désigne une course par le mot « épreuve ». Car au-delà du sens qui se rapporte à la compétition sportive, ce terme signifie aussi, ainsi que le définit le Larousse, « la difficulté qui éprouve le courage de quelqu'un, qui provoque chez lui de la souffrance ». J'ai résisté trois jours avant de retourner au Platane. Et bien sûr, j'ai. Mais là, je n'ai pas misé un euro cinquante. Grisé par mes gains de la première fois, je me suis autorisé à parier davantage. Le on est bien d'accord, hein, Anatole, n'avait plus du tout cours quand cette conne de Belle de Carsi, pouliche sur laquelle j'avais placé cinquante euros, vous rendez-vous compte elle était cotée à neuf contre un, ça m'aurait rapporté quatre cents euros de bénéfice, je disais quand cette abrutie de Belle de Carsi se mit à galoper alors qu'elle était en tête à cinq cents mètres de l'arrivée et que c'était une putain de course de trot. Une putain de course de deux mille huit cents mètres de trot où on ne lui avait pas expliqué, à cette débile, qu'il ne fallait pas galoper ? Souffrance, il dit, le Larousse, j'avais serré les dents, les poings, tout ce que je pouvais serrer, y compris mon ticket qui s'annonçait gagnant et que j'étais pourtant en train de froisser, merde il fallait que je fasse attention, car il ne passerait plus dans la borne, et puis voilà : le galop. Le on est bien d'accord, hein, Anatole, n'avait plus du tout cours, car j'ai rejoué cinquante euros juste après Belle de Carsi. J'avais besoin de me refaire, et Accroche-cœur était cotée à douze contre un, six cents balles c'était super. Ça aurait été super.

Résultat des courses, à la fin de la journée j'avais tout perdu. Beautiful Place, Jessica et Marshmallow n'avaient pas davantage amélioré l'état de mes finances. Mais ce n'était pas ma faute : vous vous doutez bien que je n'aurais jamais parié de moi-même sur ces trois tocards. En réalité, je n'avais pas pu appliquer sereinement ma méthode. Oui, ma méthode. Infaillible, élaborée à base d'un astucieux mélange de probabilités et de savants calculs arithmétiques. Je ne la dévoilerai pas ici, car une méthode comme ça, implacable, sûre, on la garde pour soi, sinon tout le monde palperait, trop facile. Qu'est-ce que je disais ? Oui, que je n'avais pas pu me concentrer. Tout ça à cause d'Abdelkader. Il était bien gentil, Abdelkader, mais qu'est-ce qu'il était pot de colle. Impossible de m'en dépêtrer, tu peux pousser ton bras, s'il te plaît. Et que je te raconte que je viens de Caen, tu connais Caen ? Non. T'as bien raison, c'est moche comme ville. Et que je t'explique que mon banquier il m'a demandé si je comptais trouver du travail dans les PMU, sûr qu'il doit être de miche avec mon conseiller Pôle emploi. De mèche on dit, Abdelkader, tu m'excuses, mais avec ta main qui bouge tout le temps devant mon visage j'arrive pas à voir la cote de Ramon Zarate, comment ça, si je veux jouer Ramon Zarate je joue Ramon Zarate, quoi, Beautiful Place, t'es sûr de toi, t'as un tuyau, bon, O.K.

Je n'aurais jamais dû l'écouter : Ramon Zarate remporta la quatrième course à Marcq-en-Barœul. Et puis Abdelkader se lança dans une diatribe contre Macron alors que je m'apprêtais à parier sur le Quatre, Lovely Chloé. Au début, j'étais d'accord avec lui, alors Lovely Chloé, Lovely Chloé huit contre un, c'était parfait, rapport à ma méthode, et cet idiot d'Abdelkader voulut me convaincre à grand renfort de gestes, tu peux pousser ton bras s'il te plaît, qu'on n'en serait pas là si Marine avait arrivé au pouvoir. J'étais face à la borne, le doigt ferme et franc. Abdelkader s'était levé lui aussi, pour être certain que je ne perdisse aucune de ses paroles. Accédé au pouvoir, le corrigeai-je tout en me tournant vers lui. Et au lieu d'appuyer sur le chiffre Quatre, ce fut sur le Cinq que ripa mon doigt. Le Cinq, Jessica. Je ne m'en aperçus qu'après avoir validé mon pari. Pas la peine de vous révéler qui gagna la course, vous avez deviné. Jessicouille, oui. Quant à Marshmallow, là ce ne fut pas de la faute d'Abdelkader. Je n'étais plus du tout à mon affaire et je fis n'importe quoi. Les courses, ça peut être facile, si tant est qu'on soit un minimum concentré.

Le lendemain matin, ouf, Abdelkader n'était plus là. Je m'étais présenté au Platane à 11 h 10, dès l'ouverture de la première réunion. Ça en jette, première réunion, on croirait presque à du travail alors que cela n'en était pas. Quoique : avec ma méthode, on pouvait aisément gagner sa vie de manière professionnelle, d'ailleurs je commençais à songer à en parler à mon client habituel, je serais très occupé ces prochains temps et peut-être que ses missions, aussi rémunératrices fussent-elles, eh bien, je n'allais bientôt plus pouvoir toutes les effectuer. Je m'étais donc présenté au Platane à 11 h 10, j'avais consciencieusement rangé dans mon portefeuille une liasse de billets de dix euros, et ce, afin d'être le plus réactif possible avec la borne, les petites coupures c'est plus pratique que la carte bleue quand vous voulez jouer du Gagnant-Placé jusqu'au tout dernier moment, et j'avais commandé à Pierrette un Perrier-tranche, s'il vous plaît, madame. Je m'étais assis pile en face du téléviseur, les places devant l'écran n'étaient pas rares à cette heure matinale, j'avais analysé ma première course, Blanche Hermine à neuf contre un alors que le favori était à trois, c'était parfait, et je m'étais levé pour introduire mon premier billet dans la borne. Mais voilà : vous aimez les arbres ?

Alors lui (je vais l'appeler lui, car je n'ai pas voulu aller plus avant en lui demandant son prénom), alors lui, c'était un phénomène. Vous aimez les arbres ? Moi, j'adore les arbres. Celui qui est en face de nous, vous voyez comme il est beau. Bah oui, je lui répondis, c'est un platane, je suppose que c'est pour ça que Pierrette a nommé son bar comme ça. Moi, j'adore deux choses, poursuivit lui, les arbres et les chatons. Les arbres parce que c'est beau, et les chatons parce que c'est beau aussi, et puis les chatons c'est pas comme les chiots, c'est propre, ça se nettoie le cul tout seul, alors que les chiots, une fois j'en ai eu un, bah, je vous en parle pas, ça puait du cul et puis fallait le sortir tous les jours et même plusieurs fois par jour, un chaton tu le laisses dans la nature il se démerde. Mais l'animal que je préfère, c'est celui dont les lions ont peur, le petit, là, qui adore le miel, comment qu'on l'appelle, attendez je vous montre parce que je connais pas le mot en français (je précise que lui était Maghrébin, comme la plupart des clients du Platane, je dis ça, je m'en fous, j'ai découvert l'an dernier que j'avais moi-même des origines arabes à trois générations au-dessus de moi). Lui sortit son téléphone, tapa un mot en arabe sur YouTube et me mit la vidéo sous le nez. Vous voyez ? Alors comment vous l'appelez en français ? Euh, j'en sais rien… Un tapir ? Non, c'est pas ça un tapir, ça a le nez plus long un tapir, je sais quand même ce que c'est un tapir. Bon, excusez-moi, monsieur, mais la course part dans pas longtemps, ça vous dérange si je me concentre deux minutes sur la borne ? Dans deux minutes, ce sera trop tard, il répliqua, le décompte d'Equidia annonce une minute trente-sept. Raison de plus, laissez-moi jouer, on discutera après. Ah d'accord, je vois, t'aimes pas la nature, qu'il me tutoya. De toute façon ça se voyait sur ta gueule que t'étais qu'un sale con. Sur l'instant, je me retins de lui sortir une célèbre réplique de Sacha Guitry et j'introduisis fissa mon billet de dix euros en appuyant sur le Sept, Blanche Hermine, bzzzzzz. Voilà, monsieur, qu'est-ce que vous me disiez ? Ah oui, que vous aimiez la nature ? Je ne sus pas s'il comprit lorsque je lui répondis qu'il n'était pas rancunier. De toute façon, il avait tourné les talons.

Je retournai à ma place, les yeux rivés sur le téléviseur, mais je n'y étais plus. Je ne parvins pas à suivre la course, car j'étais de mauvaise humeur. Sur l'instant, je ne mesurai pas précisément pourquoi. Aujourd'hui, je peux vous le dire : tout ça, c'était de la faute du jeu.

Le jeu qui annihile le je. Rien ne me souciait plus dans une journée que ces quelques secondes, disséminées tous les quarts d'heure, à raison de quarante courses au quotidien cela représentait au final pas mal de minutes, ces quelques secondes donc, ces quelques secondes où le cœur palpitait, où un frisson me traversait quand le cheval sur lequel j'avais misé montait aux avant-postes et qu'il figurait dans les trois premiers aux abords de l'arrivée. Oui, un frisson. Un frisson, enfin. En attendant celui qu'on appelle le dernier et que je ne redoutais même plus tant la vie avait cessé de me concerner. Des frissons, mon travail de consultant ne m'en générait pas. Avant les chevaux, j'étais consultant. En quoi ? Je ne le sais plus moi-même. Je consultais, c'est tout. Et du coup, ça devait se voir que je consultais, alors on m'abordait souvent dans les PMU. Mais quand ce frisson me gagnait, on n'avait pas le droit de me le gâcher. Paradoxalement, ce n'était pas après l'argent que je courais, tout du moins à ce moment de mon addiction. À l'exception d'une voiture, je ne possédais rien. Ni objets ni biens immobiliers, cela ne m'avait jamais intéressé. Je comprends que les gens se rassurent en achetant une belle maison, une belle télévision à écran plat, mais à quoi cela sert-il ? Tout cela ne rentre pas dans le trou et les quatre planches. Si on m'avait dit qu'un jour je serais d'accord avec Marc Ladreit de Lacharrière, le fondateur du groupe Fimalac, qui déclarait l'autre jour à la radio : « La possession des choses, ce n'est pas mon bonheur intérieur. » Cet homme, dont la fortune personnelle est estimée à deux virgule sept milliards de dollars, affirmait, impassible, que la possession des choses, eh bien non, taisez-vous, Elkabbach, ce n'était pas son bonheur intérieur. Bref, je m'écarte du sujet et de ce pauvre lui, qui voulait juste échanger quelques mots, sur la beauté des arbres, ces arbres que je ne regardais plus depuis bien longtemps. Et mon naturel était, si j'ose risquer ce piètre jeu de mots de circonstance, revenu au galop. Ce même naturel, mâtiné de cynisme et d'aigreur, qui m'avait éloigné de mes proches et de mon existence. À l'heure où je vous parle, je me repens d'avoir été aussi détestable avec lui. Blanche Hermine termina dans les profondeurs du classement, bien fait pour ma gueule, et je réglai ma consommation auprès de Pierrette. Vous partez déjà ? Oui.

Lui n'était pas là le lendemain. Sans doute par ma faute. Lui avait dû se dire qu'il ne remettrait plus jamais les pieds dans ce bar si mal fréquenté. Cela m'arrangeait. Ainsi, je pouvais analyser mes courses en toute quiétude, d'autant que Pierrette m'avait offert un stylo PMU rouge et vert. Avec mon cadeau, je traçais des colonnes sur un papier de la Française des jeux, plaçant à gauche les numéros des chevaux sur lesquels je m'apprêtais à miser et à droite leur cote. J'étais bien. Tranquille. Sûr de moi. Prêt à appliquer une nouvelle fois mon implacable méthode. Je sirotais mon Perrier-tranche, le matin j'étais davantage Perrier que bière, en attendant la première réunion du jour, des courses sur herbe à Beaumont-de-Lomagne, quand un type se pencha sur mon épaule : t'as l'air moins con que la moyenne, toi. Et voilà que ça recommençait. Alors lui lui (je vais l'appeler lui lui, car je n'ai pas voulu aller plus avant en lui lui demandant son prénom à lui lui aussi), alors lui lui, c'était encore plus un phénomène que lui. Lui lui ne prit même pas la peine de me demander s'il me dérangeait, s'assit en face de moi, se saisit de mon bout de papier et le porta à ses yeux. Tu m'excuses, me sortit lui lui, j'ai cassé mes lunettes hier alors ton papelard j'arrive pas à lire, mais tu m'as l'air bien organisé dis donc, c'est quoi à droite, c'est les cotes ? Je lui lui arrachai le papier des mains. Ça vous regarde pas. Je me levai, quittai ma table, ma pourtant super table pile en face de l'écran de télévision, et sortis fumer une cigarette. Mais j'étais loin d'en avoir fini avec lui lui.

T'aurais pas une clope ? Évidemment lui lui m'avait rejoint sur le trottoir et évidemment j'avais une clope puisque j'étais en train d'en fumer une. Je peux me permettre une petite parenthèse ? Combien il me reste ? D'accord. Eh bien, saviez-vous que le mot clope était à l'origine masculin et ne désignait que la partie consumée d'une cigarette qu'on appelle le mégot ? Clope au féminin, c'est quand la cigarette est entière. Les vieux d'ailleurs récupéraient plusieurs fois *un clope* pour en faire *une clope* (je me suis intéressé à cette question, car j'ai beaucoup regardé de films des années cinquante où toujours Jean Gabin disait *passe-moi un clope*). Bon, je reprends mon histoire avec lui lui. Lui lui me demanda donc une sèche, terme apparu au milieu du XIXe siècle, qui désignait la cigarette de manufacture, ce tuyau rempli de tabac parfaitement cylindrique fabriqué en usine et qui se distinguait de l'informe cigarette roulée dont le papier, collé à la salive, était en partie humide (j'ai beaucoup regardé de films des années trente où toujours Marcel Dalio disait *passe-moi une sèche*). Je répondis à lui lui que nous étions dans un PMU qui faisait aussi office de bureau de tabac et qu'il pouvait s'en procurer sans recourir à mes services. Enfin, ce ne fut pas tout à fait comme cela que je m'exprimai, et pour cette raison je reçus une vexante pichenette sur l'épaule : Momo m'avait prévenu que t'étais un gros connard. Pierrette, qui mesurait facilement son mètre soixante, intervint et demanda à lui lui, qui faisait difficilement son mètre quatre-vingts, de se calmer. Tu laisses monsieur tranquille ou tu ne remets plus les pieds chez moi. Moi, ce que je voulais, c'était jouer, peinard. C'était décidé, j'allais changer de crèmerie.

Sitôt rentré chez moi, je m'installai à l'ordinateur : Google Maps, PMU, Nantes. Répartis aux quatre coins de la ville, il y en avait pas mal, avec des noms fleurant bon la pelouse d'hippodrome comme Le Driver, Le Sulky ou Le Quintésens. Mais ce fut La Croisée des saveurs qui retint tout de suite mon attention. *La Croisée des saveurs, restaurant créole et PMU.* Restaurant créole et PMU ? Je cliquai sur le nom et m'apparut ce commentaire du *Petit Futé* que, dans ce restaurant proche de l'Erdre, j'aurais l'occasion de découvrir la cuisine créole et que, pour me régaler en entrée, il y aurait les acras de morue, le boudin noir, le boudin de poisson, le gratin de christophine ou le feuilleté de chèvre et miel, et qu'à suivre, je pourrais déguster le savoureux colombo de poulet, la fricassée de chatrou ou la délicieuse fricassée de lambis et que, pour finir sur une note aromatique et exotique, la banane flambée ou le flan passion seraient parfaits, sans oublier le fameux ti-punch, car comme on disait en Guadeloupe : Bon lapéti ! Je décidai de m'y rendre de ce pas, enfin de ces pas, car il m'en fallut plus d'un tant c'était éloigné de chez moi. En tout cas, j'étais persuadé que lui, lui lui et Abdelkader ne viendraient pas m'importuner jusque-là.

Trois quarts d'heure plus tard, je dénichai le lieu. Effectivement, était accroché sur la façade le panneau vert, rouge et blanc du PMU. Je poussai la porte. Et effectivement, était posté derrière le comptoir un couple d'Antillais, sans doute monsieur et madame. Dans l'entrée, quelques tables étaient dressées, mais c'était la deuxième partie de la salle qui m'intéressait. Face à une table pour deux personnes, sise à côté de la borne verte des paris, un énorme téléviseur à écran plat était fixé au mur. Je pris place, bonjour. C'est pour boire un verre ? demanda madame. Euh oui, boire un verre et jouer aux courses. Je vous mets la télé alors, je ne l'avais pas allumée, car comme vous le voyez, c'est calme cet après-midi, on a eu du monde à déjeuner, mais vous êtes notre premier client pour le PMU, qu'est-ce que ce sera ? Euh, une bière blonde. Elle n'avait que de la Veltins, alors ce serait Veltins, non, pas en pinte, un demi suffira. Oh putain, qu'est-ce que j'étais bien. Trop cool. Une bonne bière, un téléviseur gigantesque, la borne verte à portée de main, juste derrière moi, et aucun emmerdeur à l'horizon. Je sortis le stylo offert par Pierrette, ainsi qu'un calepin entamé que j'avais retrouvé dans un de mes tiroirs. L'avantage d'un carnet, au contraire d'une feuille volante, c'était que je pouvais le refermer aussi sec si un importun venait fouiner à ma table pour me piquer ma méthode. Donc prix Hubert de Catheu, troisième course à Vichy, dix-huit partants. Je traçai mes colonnes sous le regard interloqué de madame. Elle n'avait pas des acras de morue à cuisiner plutôt que de me fixer comme ça ? J'inclinai ma main droite au-dessus du calepin de sorte qu'elle ne pût voir ce que j'écrivais de ma main gauche. Et ce que j'écrivais, entourais, soulignais, c'était Diablo de Caponet, trotteur hongre âgé de sept ans, propriété d'Eddy Planchenault, qui, au-delà de porter un chouette nom, avait foutu la pâtée à tout le monde dans une course à Pornichet que j'avais vue chez Pierrette. Il était là, Diablo de Caponet, très affûté disait même le commentateur de la chaîne Equidia. C'était sûr qu'il allait gagner, j'allais miser un bon petit billet de cent balles. Salut, Franck. Comment ça, salut Franck ? Je relevai la tête, un type s'était présenté au comptoir et madame l'avait aussitôt salué en lui servant une Veltins. Alors ça, cent contre un que ça allait être pour ma pomme.

Je peux poser ma bière sur votre table, je demande parce que des fois y a des gens pas polis qui ne demandent même pas et qui font comme chez eux, moi je suis pas comme ça, je peux prendre la deuxième chaise, moi c'est Franck, et toi ? Oui, répondis-je malgré moi. Ton verre est presque vide, il embraya. Félicité, tu peux remettre un demi au monsieur, s'il te plaît, c'est pour moi. J'appris ainsi que madame s'appelait Félicité, c'était déjà ça, mais je déplorai à l'inverse que Franck m'ait offert une bière. Quand un type vous paie un verre, il est en général très difficile de s'en débarrasser. Je ne pus jamais m'en débarrasser. Car : il était pas un intellectuel au contraire de moi, que ça se voyait que j'en étais un, non lui il était plus un mec qui avait appris sur le tas, et ça, ça plaisait aux gonzesses, bon là en ce moment il était célibataire, mais y a encore trois mois il sortait avec la petite-fille du créateur de Chipie, comment ça je voyais pas, bah si, la marque de prêt-à-porter fondée à Carcassonne par Jean-Michel Signoles, eh ben, il couchait avec Nathalie, la petite-fille Signoles, même qu'elle avait une propriété à La Baule, et c'était pour ça qu'il avait pas mal traîné là-bas et qu'il avait fréquenté la haute grâce à cette Bauloise blonde, pas mal son jeu de mots hein, bon enfin elle avait fini par le quitter parce qu'il avait un peu tapé dans son portefeuille, pas beaucoup hein, juste deux mille balles, deux mille balles pour une nana aussi friquée, c'était quoi, rien, à peine l'équivalent d'un paquet de clopes pour nous. Le Sept, Diablo de Caponet, hurla le commentateur d'Equidia, avait encore une fois remporté une magnifique victoire. Et je n'avais même pas joué.

Franck m'avait énervé, mais les propos qu'il me tint ensuite me confirmèrent que j'avais eu raison de garder mon calme ; c'était ce qu'on appelle une petite frappe et il valait mieux se le mettre dans la poche. Franck était en effet de mèche avec une bande de loulous de la rue Maréchal-Joffre, dont le brocanteur. Vivant dans ce quartier, j'avais déjà eu vent d'affaires louches, de cambriolages notamment. En tout cas, si un jour t'as besoin, tu sais où me trouver, me dit-il alors que je prétextai le déménagement d'un ami pour justifier mon départ précipité. Ses yeux me fixèrent, enfin surtout un, l'autre étant apparemment de verre, et j'eus droit à c'est dommage que tu te casses, car t'avais l'air sympa. J'avais perdu trois cents euros en ne misant pas sur Diablo de Caponet, mais j'avais gagné la sympathie de ce type. Ce qui malheureusement me servirait plus tard, je vous en parlerai tout à l'heure. Je me levai pour régler ma première consommation auprès de Félicité, je ne vois plus votre mari, vous le saluerez de ma part. Ce n'est pas mon mari, mais mon frère, me répondit-elle. C'était vrai qu'ils avaient un air de famille tous les deux, enfin pas au niveau des mollets. Ceux de son frère ressemblaient à des quilles de bowling.

Il était encore tôt ; j'avais le temps d'essayer un autre PMU. J'allais donc passer par un chemin différent pour regagner mon domicile. Et m'arrêter au 102, route de Sainte-Luce. Avec Google Maps, j'avais calculé que cet établissement se trouvait à trente minutes de marche de La Croisée des saveurs. Par pressentiment, je me l'étais mis de côté dans le cas où les choses se seraient mal déroulées chez les Créoles. Quelques gouttelettes de sueur plus tard, je débusquai l'endroit. Celui-ci ne ressemblait en rien aux deux premiers que j'avais fréquentés. On entrait dans un bureau de tabac flambant neuf, avec revues, cigarettes et tout le toutim. Je crus m'être trompé. C'est bien ici le PMU ? Le tenancier me répondit que oui oui, dans l'arrière-salle. En effet, sitôt franchi le sas du bureau de tabac, je me trouvai face à une dizaine de tables en Formica et une vingtaine de petits vieux. Le contraste était saisissant avec Le Platane et La Croisée des saveurs : pas de chômeurs maghrébins ou de quinquagénaires roublards, ici on était à la retraite. Et les paris, ça fonctionnait à l'ancienne, avec des feuilles qu'on remplissait à la main et qu'au comptoir on remettait à la patronne qui se chargeait ensuite de les enregistrer. Il y avait bien une borne verte, mais personne ne semblait s'en servir. Pour faire couleur locale, je commandai un carafon de muscadet. La salle n'était pas agitée. On jouait presque en silence, en lorgnant l'écran de télévision fixé au mur. Le seul bruit que j'entendais par intermittence était une sorte de cccrrriiiccc assez désagréable. Cccrrreeeuuukkk. Non, désolé, je n'arrive pas à vous reproduire le son. Mais d'où diable ce couinement pouvait-il venir ? La borne déconnait ou quoi ? Et puis je finis par comprendre. À quelques mètres de moi, un vieux monsieur tentait en vain de causer à son voisin en émettant des sons tous plus étranges les uns que les autres. Il y eut même un cccrrroookkk assez rebutant, on aurait dit qu'il vomissait. Lorsque le vieux monsieur cessa de jouer et qu'il se dirigea vers la sortie, j'interceptai une bribe de conversation à la table voisine : ouais bah ça va pas mieux, Michel. Bah oui, ils lui ont opéré la trachée le mois dernier, faut dire qu'il fumait deux paquets de Gauloises par jour, et malheureusement ça ne s'est pas bien remis. Pas bien remis, c'était peu de le dire : le pauvre vieux avait totalement perdu l'usage de la parole. Souvent, il m'arrivait à moi aussi de fumer deux paquets par jour. Un voile de déprime s'abattit sur moi. Je terminai fissa mon muscadet. C'était quand même moins sinistre chez Pierrette.

Trois PMU dans la journée. Pour ce qui était de l'exploration du paysage turfiste de la ville, beau score. Pour le reste, bof : je n'avais pratiquement pas joué. Mais cette journée n'était pas perdue pour autant, car j'avais mis à profit mes nombreux kilomètres de marche pour affiner ma méthode. Mentalement. À hauteur de l'église Saint-Donatien, alors que j'analysais dans ma tête l'échec de certaines de mes courses, je me rendis compte que quelque chose clochait dans mon processus de jeu. Je vous explique. Au début, je misais à la borne, j'allais ensuite fumer une cigarette dehors, puis je revenais m'installer à une table pour le départ de la course. Et ce, toutes les quinze minutes. Arrivé rue Desaix, j'eus une illumination : il fallait inverser l'enchaînement. Commencer par regarder les informations d'Equidia, miser, puis fumer. Je développe, car j'ai l'impression que vous vous perdez dans mon raisonnement. Equidia, dès la fin d'une épreuve, affiche des informations sur chaque cheval pour la course suivante. Nombre de courses effectuées, victoires, places dans le trio de tête, noms des géniteurs, jockey, entraîneur et propriétaire. En allant fumer sitôt une course achevée, je m'asseyais donc sur une chaise de la terrasse et sur tous ces renseignements. Je vous donne un exemple, ce sera plus clair. Quand vous voyez inscrit *Jean-Michel Bazire*, faut jouer. À la fois entraîneur, driver de trot attelé et jockey au trot monté, Bazire est une personnalité du monde hippique sur laquelle on peut compter. Rarement il se plante, le type. De même avec Pierre-Charles Boudot en principe, même si j'ai perdu cent euros avec cet idiot de jockey, pas placé à l'arrivée du prix Zinedine-Zidane (prix Zinedine-Zidane, je vous jure que ça existe, mon portefeuille s'en rappelle). Jusqu'en classe de sixième, j'étais assez fort en mathématiques. Après, ça c'est gâté ; j'ai eu douze sur quatre-vingts au baccalauréat. Cela dit, il me reste aujourd'hui d'estimables capacités en calcul mental. Et avec Equidia, on doit aller vite, car les informations s'éclipsent de l'écran au bout de cinq secondes. J'ai l'impression que je vous perds. J'avais dit que je ne dévoilerais pas ici ma méthode, mais il le faut pourtant un minimum sinon vous allez penser que je débloque. Si. Je vois bien, ne dites pas le contraire. Je vais illustrer concrètement mon propos. Un cheval ayant participé à vingt courses, dans lesquelles il a obtenu trois victoires et six places, sera plus à même de triompher qu'un autre ayant effectué douze épreuves, avec une victoire à la clef et deux places. Trois plus six est égal à neuf, vingt divisé par neuf ça donne deux virgule vingt-deux. Alors que l'autre, un plus deux est égal à trois, douze divisé par trois ça fait quatre. Bref, on a un canasson qui a deux fois plus de chances de gagner que l'autre. C'est pas implacable, ça ?

Ce fut le jour suivant que m'arriva l'épisode Turbo, le 27 juillet. J'étais retourné au Platane, avec une dizaine de billets en poche. Comme nous n'étions pas beaucoup dans la salle, il y avait toujours au moins une des trois bornes disponible. Ainsi il était aisé de miser jusqu'au tout dernier moment, ce qui est impossible à 13 h 50 par exemple. 13 h 50, l'heure du Quinté. L'affluence redouble alors, les turfistes font la queue et mieux vaut avoir enregistré son pari au préalable. Il était aux alentours de 17 heures. J'avais bien étudié les informations d'Equidia. Fantasio, engendré par Diva du Granit et Derby du Dollar, drivé par le jockey François Lecanu, avait obtenu deux victoires et cinq places en dix-sept courses. Dix-sept divisé par deux plus cinq, je sortis fumer en toute sérénité, c'était dans la poche. À mon retour au comptoir, je remarquai que la cote de Turbo avait changé. De cent quatre-vingt-sept contre un, elle était passée à cent vingt. Abdelkader m'avait expliqué que lorsque les cotes baissaient beaucoup à l'approche d'une course, c'était parce que de grands manitous bénéficiaient d'un tuyau. Ils misaient ainsi des sommes très élevées, ça se comptait en milliers d'euros. Allez, qu'est-ce que je risquais, un petit billet de dix balles en Simple Gagnant, ce n'était pas bien grave vu que j'étais assuré de rafler la mise avec Fantasio. Bzzzzzz, ticket. La suite, vous la connaissez. Mais je ne vous ai pas tout raconté. Ce fut là que Rodolphe me repéra.

Rodolphe, moi aussi, je l'avais vu. À chacune de mes visites chez Pierrette, il était là. J'avais remarqué sa présence, car il ne tenait jamais en place et trimbalait, tout en maugréant, sa nuque garnie de mèches blanches. Ce matin, j'ai touché et t'étais pas là, je te paie un coup ? Ce fut de cette manière qu'il m'aborda le lendemain de Turbo. Je fus désarçonné (je suis désolé d'employer encore une fois un terme équestre, je ne m'en aperçois même plus à la longue, mais plusieurs mois à traîner dans les PMU, ça déforme). Ah bon, ce type était capable d'autre chose que de bougonner ? J'acceptai, merci c'est gentil, bah un demi alors, vous en prenez un aussi ? Ah non, moi je ne bois plus depuis trois ans, je tourne au diabolo menthe. La conversation était engagée. Quand c'est le début des emmerdes, on ne sait jamais que c'est le début des emmerdes. On devrait disposer d'une petite lumière, là-haut dans le cerveau, une petite lumière qui se met en branle automatiquement, une petite lumière ou autre chose, mais un truc qui avertit que, attention Anatole, là, pile maintenant, c'est le début des emmerdes.

Rodolphe Rumin était veuf depuis quatre ans. Le décès de sa femme avait correspondu, à quelques mois près, à sa mise à la retraite. Il s'était donc retrouvé seul, sans collègues ni compagne, avec une fin de vie à inventer. Sa première trouvaille fut la boisson, à raison d'une bouteille de whisky par jour, qu'il agrémentait de quelques Ricard pour estomper ce goût malté qu'au fond il n'aimait pas vraiment. Ce qu'il souhaitait surtout, c'était ne plus penser. Ne plus se rappeler qu'il avait toujours attendu cette retraite avec Jeannine. Qu'il l'avait rêvé, ce moment. Avec cette femme qui lui avait donné deux beaux enfants et qu'il n'avait pas assez remerciée pour cela tant il avait été accaparé par son travail pendant plus de quarante ans. Rodolphe avait pourtant tout prévu. Des week-ends à Saint-Jean-de-Monts, par exemple. Ils se seraient réservé un petit hôtel. Jeannine adorait les hôtels. Elle repartait chaque fois avec les flacons de shampoing et de gel douche. Une fois on lui avait même ponctionné cinquante euros sur son compte en banque parce que Jeannine avait embarqué un peignoir avec Les Rossignols marqué dessus. Et puis le Luberon en camping-car. Sur Facebook, Jeannine avait retrouvé une amie d'enfance qui habitait à Ménerbes. Facebook, Rodolphe n'y connaissait rien à ces conneries, mais il était content que Jeannine ait pu remettre la main sur sa vieille copine. Il trouvait qu'elle était un peu trop seule à Nantes. Elle avait quitté son Luberon pour lui. Quand il avait été muté au chantier des Batignolles. Et puis Rodolphe avait planifié de lui fabriquer ce meuble de salon qu'il lui promettait toujours, mais qu'il n'avait pas pris le temps de commencer. Deux jours avant la mort de Jeannine, il s'était rendu chez Casto pour acheter du matériel et tout ce qu'il faut. Et puis la vie avait décidé qu'il ne les déballerait jamais, le matos et les outils. Tout était resté en plan dans le garage, avec les emballages plastique, car Jeannine s'en était allée.

Le vide, alors d'abord l'alcool. Ses enfants mirent un an à s'en rendre compte pour le whisky. Ce fut Stéphane en premier, enfin, papa. Et puis Stéphanie. Oui, ses enfants s'appelaient Stéphane et Stéphanie. Rodolphe s'était promis que s'il avait une fille un jour il la baptiserait Stéphanie, et il avait d'abord eu un garçon, alors il l'avait appelé Stéphane. Ce ne fut que trois ans après que Jeannine accoucha d'une fille qui, il n'allait pas se renier, hérita donc du prénom Stéphanie. Affolés par l'état de leur père, Stéphane et Stéphanie provoquèrent une réunion de crise, avec les quatre zyeux et tout. Après les remontrances de ses enfants, Rodolphe adopta le diabolo menthe. Du mal, il pouvait s'en infliger à lui, mais surtout pas à ses enfants. Surtout pas à Stéphanie, le portrait craché de sa mère. Elle avait, fallait le voir pour le croire, le même grain de beauté que Jeannine, juste au-dessus de la bouche. Depuis le conciliabule familial, Rodolphe promenait donc sa solitude deux fois par jour. Une fois pour le pain, une autre pour les courses. Les hippiques, pas celles de Carrefour Market. Oui, les chevaux avaient remplacé le whisky. Ça rognerait l'héritage, mais ça abîmerait moins son foie. Vous vous demandez comment je sais tout ça. Pourquoi un gars aussi bourru que Rodolphe s'était épanché de la sorte. Eh bien, je l'ignorais à ce moment. Je devais avoir une bonne tête. La tête d'un type à qui on pouvait confier son mal-être entre deux épreuves. Les hippiques, pas celles de la vie.

Donc, Rodolphe Rumin. T'es parti vite hier soir, me dit Rodolphe. T'as touché, c'est ça ? J'étais décontenancé. Euh… un peu, répondis-je sans parvenir à masquer mon mensonge. On me la fait pas à moi, t'as touché. Attention, c'est pas un reproche, je suis content pour toi, tu le mérites. Ppppourquoi vous dites ça ? babafouillai-je. Tu le mérites parce que je sais bien que tu bosses. Tu traces tes colonnes dans ton coin, t'es un mec sérieux toi. Pas comme tous ces cons qui nous pourrissent l'après-midi en restant dix plombes à hésiter devant les bornes. Tu vois, le petit là-bas, c'est sa spécialité. Faut toujours qu'il nous monopolise la borne à deux minutes du départ. D'ailleurs, je te le dis, méfie-toi de lui. Aldo, il s'appelle. Sous ses airs mielleux, c'est un fourbe. L'autre jour, j'ai à peine eu le temps de me tourner pour commander un verre qu'il m'avait piqué mon paquet de cigarettes. Je peux pas le prouver, mais je sais que c'est lui. Alors maintenant il tire la tronche parce que je ne réponds plus quand il me salue, mais c'est de sa faute. Non, toi je t'observe et, ça se sent, t'as les idées claires. Déjà t'es le seul à bien parler à Pierrette, si si, dis pas le contraire, j'observe. T'es au courant au fait pour Pierrette ? Quoi ? T'es pas au jus ? Dans quinze jours, c'est des Chinois qu'on aura à la place. Elle a vendu. Oh putain (ça c'était pas Rodolphe, c'était moi). Je m'entends bien avec Pierrette, tu sais. Parfois, je monte même boire un verre chez elle, au-dessus, elle habite au-dessus. Les Chinois lui ont fait une offre qu'elle ne pouvait pas refuser. Avec pas mal de zéros sur le chèque. Alors comme elle tient Le Platane depuis longtemps et qu'elle en a un peu marre, elle a accepté de vendre. À moi, elle me l'a avoué, mais la clientèle ne lui plaît plus. Ça a beaucoup changé ces derniers temps. Et pas dans le bon sens. Dans le sens tourné vers la Mecque, si tu vois ce que je veux dire. Attention, je suis pas raciste. Que tu sois noir, blanc ou jaune, je m'en fous, car pour moi y a que deux catégories sur Terre : ou t'es con, ou t'es pas con. Le gars qui est au comptoir par exemple, je l'aime bien. Wassim, il s'appelle. Wassim, il est Marocain, on s'entend bien. Alors lui d'ailleurs, je te donne un conseil : quand il te file un tuyau, tu ne l'écoutes pas. Il a une de ces guignes. Toujours à côté de la plaque. Je ne comprends pas pourquoi il persiste à jouer, car il perd tout le temps. Et toi alors, tu gagnes ? Bah oui, un peu, répondis-je, enfin comme tout le monde, quoi. Non, pas comme tout le monde, répliqua Rodolphe. Tout le monde ne gagne pas. Tu m'expliqueras tes colonnes et tout ça ? Ah voilà. Le missile était tiré. Je comprenais mieux : Rodolphe voulait me piquer ma méthode.

Avant de vous dire ce que j'ai répondu à Rodolphe, il faut que vous sachiez qu'il avait été champion de full-contact dans sa jeunesse. Difficile à concevoir de prime abord, car il portait sur les épaules sa sempiternelle chemise fripée et le poids des ans, mais je voulais bien croire qu'avec un survêtement et vingt ans de moins, il n'aurait pas fallu le titiller, le Rodolphe. Entre deux propos sur feu son épouse, il m'avait raconté qu'y a deux jours il avait failli en coller une à un de ces cons qui bloquaient les bornes, le type c'était le champion du monde des cons, il était même tellement champion du monde des cons qu'il était capable d'arriver deuxième. Rodolphe lui avait signifié que, hé oh, il pouvait pas préparer sa grille avant, y en a qui attendaient derrière pour jouer, un peu de respect pour les autres tout de même. Et le mec lui avait saisi le bras. Rodolphe détestait qu'on le touche, des vieux réflexes de full-contact, quinze ans il avait pratiqué, il pouvait même m'assurer qu'il était assez bon dans cette discipline. Du coup, le ton était monté et le type, bah Rodolphe lui avait proposé qu'ils aillent s'expliquer dehors, sur le trottoir, pas devant Pierrette ça non, jamais il n'aurait fait ça devant Pierrette, trop de respect pour elle. Eh bien, qu'est-ce que je croyais que le type il avait répondu ? « Laisse tomber, je ne frappe pas les vieux. » Laisse tomber, je ne frappe pas les vieux, non mais j'y croyais, moi, Anatole ? Une vraie couille molle, voilà ce qu'il était… Alors donc, quand ce 28 juillet, lendemain de mon gain avec Turbo, Rodolphe me sortit tu m'expliqueras tes colonnes et tout ça, je lui expliquai. Mes colonnes et tout ça.

J'allais de surprise en surprise avec Rodolphe Rumin : avant de couler des jours malheureux, il avait été ingénieur. Il me l'apprit lorsque je lui parlai du calcul mental. Non, le calcul mental avec les informations d'Equidia, des divisions et multiplications à effectuer en quelques secondes, ça ne l'effrayait pas. Avec son frère Jean, il s'adonnait à des concours de calcul quand ils étaient enfants. En voiture, certains comptent les barbus, les barbus qu'on aperçoit au dehors, tiens un barbu sur le trottoir, un point, tiens un autre barbu au volant, deux points. Rodolphe et Jean, eux, calculaient le plus vite possible la somme totale qui figurait sur les plaques d'immatriculation des véhicules qu'ils croisaient. Excusez-moi, l'interrompis-je, vous êtes en train de me dire que votre frère s'appelle Jean. Oui, pourquoi ? Ah oui, tu veux parler du jeu de mots… Oui, c'est vrai que j'ai de qui tenir. Mon père était un sacré blagueur. La réponse de Rodolphe me laissa pantois. Comment peut-on infliger un tel supplice à un enfant, juste pour le plaisir de faire un bon mot en se rendant à la préfecture ? Le genre humain ne laissera jamais de me surprendre. Rodolphe, qui avait hâte de passer à l'action, recommanda une tournée de bière-diabolo menthe et sortit son stylo PMU (Pierrette lui en avait offert un à lui aussi). On va la tester tout de suite ta méthode, qu'il me fit. Euh. Euh, d'accord Rodolphe, mais juste sur une course, car après je devais filer, j'avais rendez-vous chez le dentiste. L'avantage avec ce bobard, c'est que tout le monde compatit et ne cherche pas à en savoir plus. On pense tout de suite à la seringue d'anesthésiant, la roulette et woutes wes woyeusetés w'on wous wolle wans wa wouche, et on vous fout la paix. Première réunion à Cagnes-sur-Mer, prix des Pinsons, trot attelé sur deux mille neuf cent vingt-cinq mètres, onze partants, nous étions prêts. Alors vous voyez, Dream de Birdy, le numéro Un, a quarante-neuf courses au compteur, il en a gagné onze et fini six fois aux deuxième ou troisième places, vous faites donc… Tu peux me tutoyer, tu sais. Quand je suis vouvoyé, ça me vieillit. Bon alors tu fais, poursuivis-je, onze plus six est égal à dix-sept, quarante-neuf divisé par dix-sept est égal à trois. Deux virgule huit plus exactement, il me corrigea. Oui, vous avez raison, enfin tu as raison, les virgules, ça pouvait être important pour départager deux chevaux en cas d'égalité. Défilèrent ensuite sur l'écran de télévision Catsous, Chrono Atout, Dickens du Vivier, Crazy Dream Azul, Bolide de la Cote, Bingo d'or, Bir des Corvées, Avenir Classique, Casanova du Corta, Duarte. Et ce fut sur Bolide de la Cote que s'arrêta notre choix. D'après nos calculs, ce cheval avait deux virgule trois chances de gagner. Rodolphe avait misé cinq euros. Ma méthode lui en rapporta soixante-quatorze.

Je mis une semaine à revenir au Platane. Trop peur de recroiser Rodolphe. Je ne voulais pas être tenu responsable des pertes éventuelles qu'aurait pu occasionner ma méthode. Les jours suivants, je me rendis donc à La Croisée des saveurs, boulevard des Belges, au Driver, boulevard Victor-Hugo, au Fer à cheval, rue Paul-Bellamy. Je retentai même le 102, route de Sainte-Luce, mais ce PMU, ccccrrrreeeeuuukkkk, était décidément trop sinistre. Je finis par me dire que c'était quand même trop bête ; je n'allais pas m'interdire de jouer dans un endroit que j'appréciais au prétexte qu'un gars m'avait soustrait ma méthode. Le 5 août, je pris la décision de retourner chez Pierrette. Elle était là, mais pas seule. Quatre Chinois s'agitaient derrière le comptoir. L'un à la caisse des cigarettes, l'autre à celle des jeux à gratter, un autre derrière la tireuse à bière et encore un autre qui discutait avec elle. Bonjour, madame, vous allez bien ? Je suis débordée, me déclara Pierrette, on est en tuilage. Tuilage, ça voulait dire qu'elle leur expliquait tout, aux Chinois. Les différentes caisses qu'il ne fallait surtout pas mélanger, car sinon on s'y perdait, l'argent des cigarettes ne devait en effet surtout pas se retrouver avec celui de la Française des jeux ou du PMU, la tireuse à Kronenbourg qui, non non pas comme ça vous allez fiche de la mousse partout, était un poil réfractaire, les rouleaux de Cash, Jackpot et Banco qu'il fallait prédécouper dès qu'on avait un moment de libre sinon on ne s'en sortait pas quand c'était le rush. Bref, tout ce qu'elle vivait au quotidien depuis vingt ans et qu'elle n'accomplirait plus désormais avec cette histoire de zéros sur le chèque. Elle n'avait pas le temps de discuter davantage, mais, vous me direz, moi non plus, car je fus tout de suite alpagué par Wassim, comment tu vas, Anatole ? Hein ? Wassim connaissait mon prénom alors que je ne lui avais jamais adressé la parole. Euh, bah ça va, répondis-je bêtement. Et vous ? Oh, tu peux me tutoyer, qu'il me fit. Je te paie un verre ? C'était bien dommage que je ne l'aie pas eue cette petite lumière, là-haut dans le cerveau, la première fois avec Rodolphe, parce que là, ce n'était plus le début des emmerdes, mais leur prolongement.

Donc, Wassim. Wassim n'habitait pas du tout le quartier. Au rond-point de Vannes, il vivait. À une bonne demi-heure en tramway du Platane. Tous les jours, à 13 heures, il ralliait le bar de Pierrette, enfin le bar des Chinois désormais tuilé par Pierrette, pour jouer aux courses. Il y avait bien un PMU rond-point de Vannes, et même un autre pas loin, rond-point de Rennes, mais Wassim ne voulait surtout pas que ses voisins le vissent (c'est le subjonctif imparfait de voir ; je précise parce que, vous avez raison de tiquer, ça fait bizarre). Non pas qu'il avait honte de consacrer aux courses les sept cent quarante-trois euros de sa pension de retraite, mais il ne souhaitait pas que ses voisins le sussent (je vais peut-être arrêter avec le subjonctif imparfait). Wassim commençait sa journée par le Quinté, puis enchaînait avec les autres épreuves jusqu'à ce que le montant maximal de mise qu'il s'était fixé par jour fût épuisé. Vingt euros. Rodolphe m'avait prévenu : le Marocain n'enchaînait pas beaucoup après le Quinté, vu qu'il perdait tout le temps. Wassim n'y connaissait rien aux jockeys, propriétaires et autres géniteurs des chevaux ; il misait « au feeling ». Tu vois, par exemple aujourd'hui, le Quatre est sorti gagnant sur trois courses, qu'il me confia tout en nous commandant un café et une bière (le café, c'était pour lui ; il ne buvait plus lui non plus, rapport à son intestin qui lui avait causé quelques soucis). Du coup, je vais le mettre en Placé sur toutes les courses, car c'est la journée du Quatre. Et demain, ce sera peut-être la journée du Six, ou du Sept, ou du Huit. Je m'aventurai à lui demander s'il gagnait souvent avec cette méthode et ce fut là qu'il me lança : à propos de méthode, j'ai causé avec Rodolphe.

Je n'avais pas revu Rodolphe depuis une semaine et, depuis une semaine selon Wassim, il repartait chaque soir du Platane beaucoup plus guilleret qu'à l'habitude. Même Pierrette avait trouvé ça bizarre, tu es retombé amoureux, Rodolphe ? Plusieurs jours, le retraité était resté énigmatique quant à cette soudaine bonne humeur et puis, la veille, il avait fini par craquer sous les insistantes questions de Wassim. Rodolphe avait remarqué ce type qui venait souvent depuis quelque temps, le grand barbu qui ressemblait à tout sauf à un turfiste, eh bien ça l'avait interpellé et il s'était demandé ce que pouvait bien foutre ce mec ici, au milieu de chômeurs et de retraités comme eux. Et Rodolphe avait fini par lui payer un verre pour en savoir plus. Eh bien, tu me croiras si tu veux, avait confié Rodolphe à Wassim, ce type avait une méthode. Une méthode pour gagner aux courses. Et il l'avait appliquée. Et ça marchait. Plus de deux mille balles, il s'était fait depuis huit jours. Wassim avait voulu en savoir plus, mais Rodolphe avait refusé net : tu verras ça toi-même avec le type.

Avant de vous dire ce que j'ai répondu à Wassim, il faut que vous sachiez que sa bouche ne comptait plus que deux dents. Du moins, de ce qu'on pouvait en distinguer quand il l'ouvrait. Une en haut à droite et une en bas à gauche. Les tarifs pratiqués en implantologie varient en fonction des praticiens, des matériaux utilisés, des techniques opératoires. Il faut en général compter entre huit cents et mille cinq cents euros pour la pose d'un implant dentaire. Bref, pour une vingtaine de dents au minimum, Wassim avait donc besoin d'environ vingt mille euros. Et ce n'était pas en misant à perte l'intégralité de sa pension sur des Quatre ou des Six aussi pourris que ses deux quenottes restantes qu'il allait se doter d'une nouvelle dentition. Je ne me rappelle plus pourquoi le Marocain m'avait raconté que sa femme l'avait quitté, mais, dans les raisons que Dalila avait invoquées pour justifier son départ, il y avait l'aspect physique. Tu ne prends plus soin de toi, Wawa (avant la séparation, elle l'appelait Wawa). Au lieu de dépenser toute ta retraite au PMU, tu devrais t'occuper de tes dents. Mais Wassim ne l'avait pas écoutée. Un soir, il était même rentré au domicile conjugal plein d'enthousiasme, ça y est ils étaient riches, leur voyage à Casablanca pour revoir la belle-famille c'était pour bientôt, car il avait trouvé une méthode infaillible, il avait essayé de lui expliquer, à Dalila, qu'à 17 heures il prenait un papier et un crayon et qu'il recensait tous les chiffres sortis gagnants depuis le début de la journée et qu'il misait ensuite sur celui qui n'avait pas encore remporté d'épreuve à cette heure-là. Dalila lui avait répondu « jazakum allah khayrana » qui, Wassim me le traduisit dans les grandes lignes, signifiait « que Dieu te donne l'épilepsie ». Je devais donc intervenir ; je ne pouvais pas laisser Wassim comme ça. Quatorze divisé par cinq plus huit.

Je passe sur les quatre jours qui suivirent, car il faut que j'avance. C'est vrai ça, je parle, qu'est-ce que je parle… Vous me dites si vous voulez faire une pause ? J'en viens donc tout de suite au 9 août. Ce jour-là, Pierrette avait organisé un pot pour son départ. En réalité, elle avait négocié avec les Chinois que, de 18 à 20 heures, les consommations seraient gratuites pour les habitués (dont j'avais l'heur de faire partie désormais), de même que les cacahuètes grillées qui coûtaient un euro dans le distributeur automatique et qui, là, étaient vidées de leurs boîtes circulaires et métalliques pour se retrouver, nombreuses, dans une généreuse assiette en plastique posée sur le comptoir. C'était chouette, car dans une boîte de soixante grammes, on n'en recensait même pas une trentaine ; j'avais compté une fois. On pouvait donc boire et manger sans amputer le budget courses, ce qui ravit Wassim (enfin, je parle de boire ; manger des cacahuètes, c'était moins évident pour lui avec ses deux dents). Le Marocain n'avait en effet plus un radis depuis 15 h 32 et la troisième course à Clairefontaine remportée par Determine alors qu'il avait misé sur My Bobby Boy. À 18 h 26, nous fûmes rejoints par Rodolphe qui arborait, pour l'occasion, une cravate dont la couleur bleu pétrole se mariait avec élégance au blanc de sa chevelure. J'avais plein de choses à faire, se justifia le retraité essoufflé pour expliquer son retard, mais je n'aurais raté ce moment pour rien au monde. Rodolphe commanda un verre de diabolo menthe, qu'il porta à hauteur de son torse, et s'improvisa maître de cérémonie. Pierrette, merci pour ta bonne humeur et ta gentillesse durant toutes ces années. J'avoue que quand tu nous as appris ton départ, j'ai ri jaune… Chut, Rodolphe, le coupa aussi sec la future ex-taulière, tu exagères de sortir des blagues de ce genre. Rodolphe pouffait, Wassim un peu aussi, mais par chance les Chinois n'entendirent pas la douteuse plaisanterie, car ils étaient déjà occupés par ailleurs. Force était de constater qu'ils n'avaient pas traîné à prendre possession des lieux. Les rôles étaient déjà bien répartis. Le plus âgé, qui ne parlait pas un mot de français, s'occupait de prédécouper les tickets de grattage, changer les fûts de bière et préparer les cafés, en somme des activités qui ne nécessitaient pas de manier la langue de Guillaume Musso. Le plus jeune, à mon avis né en France car il causait comme vous et moi, œuvrait pour sa part à la caisse des cigarettes et des jeux à gratter. C'est fou quand même ces histoires de Chinois. Il y a quelques années, j'ai vécu à Paris à cause de mes histoires de *consulting*. Cafetiers, boulangers, charcutiers, prostituées, les Chinois avaient envahi tout mon quartier. À Belleville, j'habitais. Si j'emploie le terme envahi, c'est sans racisme aucun, ne surtout pas se méprendre. Je l'utilise comme on le ferait dans le synopsis d'un épisode de *La Quatrième Dimension*, série qui me terrorisait enfant, où les personnages seraient tour à tour remplacés par des Asiatiques devant l'incrédulité du héros qui, à la fin, mourait en se tenant la tête entre les mains, gros plan, *oh my goodness*, *cut*, générique. En tout cas, ces forçats de travail nous regardaient, sans doute avec consternation mais cela les arrangeait bien quand même, dépenser nos salaires, RSA, pensions de retraite. Ils ouvraient leur établissement à 7 heures et fermaient vers 21 heures, avec tout le ménage à se taper derrière. Une quinzaine d'heures de labeur sans jamais se plaindre. Mais cessons avec les Chinois et revenons plutôt à Pierrette.

Oui, revenons à Pierrette, Pierrette qui nous quittait mais qui resterait à jamais dans nos cœurs, Pierrette dont le sourire et les jupes souvent courtes nous manqueraient, Pierrette, ah Pierrette, comme le déclama avec solennité Rodolphe Rumin dont on aurait dit qu'il célébrait un enterrement. Alors voilà, s'il était un peu en retard Rodolphe, et il s'en excusait encore une fois, c'était parce qu'il s'était rendu à la FNAC, place du Commerce, et avec toutes les pistes cyclables qu'avait aménagées cette idiote de Johanna Rolland on ne pouvait plus circuler dans Nantes, Johanna Rolland franchement, c'était Anne Hidalgo, mais en pire, bref, s'il était en retard, c'était pour cette raison. Et ce fut là que Rodolphe sortit un paquet-cadeau qu'il avait dissimulé au pied du comptoir. Et ce fut là que Pierrette versa sa petite larme quand elle découvrit un vidéoprojecteur Acer Predator Z650 avec lunettes 3D et sacoche fournies, le tout pour une valeur de huit cent quatre-vingt-dix-neuf euros (je le savais, car Rodolphe avait oublié d'enlever l'étiquette du prix), enfin Rodolphe, fallait pas t'es fou, allez tiens, je te fais la bise. Et ce fut là que Rodolphe déclara qu'elle pouvait aussi embrasser Anatole, c'était grâce à lui tout ça.

Rodolphe avait tiqué lorsqu'il était entré dans le bar, mais il ne pouvait rien dire. Après tout, Aldo était un habitué lui aussi et ce n'était pas son pot de départ à lui, c'était celui de Pierrette. Le retraité se devait donc de tolérer la présence de ce profiteur d'Aldo, qui s'était positionné au comptoir, comme par hasard juste à côté de l'assiette de cacahuètes, dans laquelle il piochait allègrement. Ce ne fut pas Pierrette mais Aldo qui posa la question. Aldo qui fourrait toujours son nez partout et qui, évidemment, n'avait pas manqué cette occasion inespérée de percer le secret de Rodolphe. Car il avait bien noté que l'alcoolique repenti avait changé. Son petit manège, ses nouvelles manières et cette bonne humeur si soudaine qui contrastaient tellement avec l'air renfrogné qu'il affichait encore quelques jours auparavant. Depuis le vol du paquet de cigarettes, larcin qu'il avait toujours refusé d'avouer, Aldo n'osait plus approcher Rodolphe. Il profita donc de l'opportunité : pourquoi grâce à Anatole ? Je lançai un regard noir à Rodolphe, qu'intercepta Wassim. Le Marocain me sauva la mise. Bah, parce qu'Anatole avait cotisé pour le cadeau, pardi. Cette réponse ne satisfit pas Aldo, même si ce ne fut pas ce moment-là qu'il choisit pour son interrogatoire en règle. On aurait été chez Maigret, on aurait fait monter des sandwichs et de la bière. Là, on était juste devant les chiottes du Platane. Je savais pourtant qu'il était hors de question que je quitte les autres et que je m'isole. Mais trois demis : je ne pouvais pas me retenir.

Avant de vous dire ce que j'ai répondu à Aldo, il faut que vous sachiez qu'il n'avait pas une vie facile. Il avait tellement désiré son épouse qu'il lui avait fait sept gosses, dont trois coup sur coup. Dès le retour de couche, comme on dit. Et tout ce petit monde, il fallait le nourrir, ce qui, lorsqu'on avait un emploi, était déjà assez compliqué à assumer. Alors quand on l'avait perdu, il ne m'en parlait pas. Enfin si, il m'en parlait justement, de ce poste de manutentionnaire grâce auquel pendant deux décennies il avait gagné vingt mille euros brut par an, et puis du jour au lendemain la société Miraflor avait procédé à un plan de restructuration, une charrette comme on dit, et du jour au lendemain il s'était retrouvé Gros-Jean comme devant, comme on dit, et est-ce que je pouvais faire quelque chose pour lui, car il savait très bien que j'avais une méthode pour gagner au PMU, on ne la lui faisait pas à lui, il m'avait repéré le jour où Turbo avait gagné, et après il avait vu Rodolphe se faire plein de sous à son tour, s'en mettre plein les fouilles, comme on dit, allez, Anatole, sois sympa. J'en eus tellement ras le bol de son tic de langage que je voulus mettre fin à cette conversation toute affaire cessante, comme on dit, et je lui expliquai brièvement ma méthode en lui montrant l'écran de télévision qui se trouvait au-dessus de nos têtes. Tu fais vingt-deux divisé par trois plus quatre. Et puis aussi, j'avais très très envie de pisser.

Avant l'incident, elle nous avait promis qu'elle reviendrait. Comme ça. En touriste. Pour le plaisir de boire un Martini. Le Martini, c'était sa boisson favorite. Elle s'autorisait parfois un petit verre, vers 20 heures, quand le service approchait de son terme. Nous n'avons plus jamais revu Pierrette. Son dernier soir au Platane s'acheva sur une fausse note ; il était vraiment temps qu'elle arrêtât. Tas de merde, avait hurlé un type. J'étais tout juste sorti des toilettes, j'avais entendu ce qui s'était dit entre les deux belligérants devant la borne des paris. Le premier avait sorti au second tu te magnes, il reste même pas deux minutes pour jouer. Le second avait répondu au premier et toi, t'as pas attendu neuf mois pour sortir de ta pute de mère ? Je ne sus pas si ce fut pute de mère ou les quelques mots précédents qui provoquèrent l'esclandre, toujours est-il que le second reçut un coup de poing du premier et recouvrit le sol de son tapis d'inertie. Glaçons, pansements, pompiers, pot de départ fichu en l'air, Pierrette aurait rêvé meilleure sortie. Tant pis. Ça la confortait. Même si elle avait eu un doute avec les Chinois, même si elle s'était sentie responsable de sa clientèle au point de ne pas vouloir l'abandonner, même si elle avait hésité à refourguer Le Platane, son Platane qu'elle avait géré advienne que pourrave, à des gens qui s'en fichaient, des Chinois qui n'étaient là que pour l'argent, les Chinois, on lui avait dit à Pierrette, rachetaient tous les PMU à Paris, et maintenant ils s'attaquaient à la province, ils étendaient leur empire de l'oseille, lui avait même sorti le représentant de France Boissons un jour qu'il était venu réapprovisionner les stocks de bière, finalement cette sortie ratée la renforçait dans son choix : c'était bien la meilleure décision à prendre. Vendre. Arrêter avec tous ces malappris qui ne savaient pas se tenir. Des clients comme Rodolphe, Wassim ou moi, il y en avait de moins en moins. Des gens qui fréquentaient son bar pour regarder courir des canassons, certes, mais avant tout pour le plaisir d'être ensemble. Avec bière ou diabolo menthe, un coup dans le nez ou sobre ça elle s'en fichait, du moment que. Ce fut Aldo qui trouva la meilleure formule alors que nous étions tous refoulés sur le trottoir : c'est quand même con. Même Rodolphe était d'accord avec lui, tu veux une clope, Aldo ?

Je ne savais pas si ma méthode fonctionnait toujours avec Rodolphe Rumin, car je n'avais pas remis les pieds au Platane depuis le pot de départ de Pierrette, mais curieusement moi je n'y arrivais plus. J'avais trouvé refuge à La Croisée des saveurs, où je jouais tous les jours, et beaucoup. J'y perdais tous les jours, devrais-je dire. Divisions, additions, multiplications, plus rien ne marchait. À croire que les informations données par Equidia s'erronaient à mesure que je jouais. Et plus j'échouais, plus je recommençais. Comme j'avais progressivement cessé, sans vraiment m'en rendre compte, mes activités de consultant free-lance, j'avais progressivement cessé, sans vraiment m'en rendre compte, d'alimenter mon compte en banque. Il était dans le rouge, un rouge aussi vif que celui de la casaque de Dream Dubawi drivé par Quentin Perraud et qui m'avait coûté plus de cinq cents euros sur la troisième réunion de Lisieux. Pour me refaire, je misais en effet des sommes de plus en plus conséquentes. Si vous pariez cinq cents euros sur un cheval coté à quarante contre un, ça vous rapporte vingt mille euros et là vous remettez le pied à l'étrier. Mais ça ne marchait pas comme ça, et il ne me restait plus que Lisieux pour pleurer. J'allais donc vendre ma voiture, ma décision était prise. De toute façon, je ne m'en servais plus beaucoup. Elle m'avait surtout été utile pour effectuer des trajets professionnels de ville à ville, mais comme j'avais, ces derniers temps, décliné toutes les missions qui m'éloignaient du Platane, je n'éprouvais plus la nécessité d'être véhiculé. Au pire, j'en louerais une de temps en temps.

Si un jour t'as besoin, tu sais où me trouver, m'avait assuré Franck le jour où je l'avais rencontré. Depuis mon exil à La Croisée des saveurs, je l'avais revu souvent. Je ne dirais pas que nous avions sympathisé (car il me gonflait avec ses innombrables histoires de fesses alors que me concernant c'était le néant à ce niveau-là), mais j'avais quand même fini par le trouver attachant. Il lui arrivait toujours des catastrophes et il me les narrait avec une telle verve que j'en venais parfois à oublier mes désespérants échecs hippiques. Ce fut le 22 août, après un énième fiasco à Vincennes, que je me résolus à confier à Franck mes avaries financières. Dis donc, Franck, tu ne serais pas intéressé par une Golf Volkswagen ? C'est la version 1.5 TSI ACT OPF 130 BVM6. Je l'ai achetée trente mille, je la revends vingt. Elle a à peine soixante-dix mille kilomètres et je peux t'assurer que j'en ai vraiment pris soin. Faut pas se débarrasser d'une caisse pareille, me rétorqua-t-il. Les allemandes, c'est increvable, faut la garder. Pourquoi tu fais ça ? J'ai besoin de sous, lui avouai-je. J'arrête de vous bassiner avec la petite lumière, là-haut dans le cerveau, mais Franck avait une bien meilleure idée pour moi.

La combine était simple, elle restait entre nous, hein, Anatole ? Ça ne sortait pas d'ici, insista Franck en me parlant bas à l'oreille. Je lui promis que oui oui je serai muet comme une tombe, ou comme une carpe, je ne sais plus ce que je répondis exactement, j'étais nerveux. Je peux te proposer de te faire de la caillasse facile tous les week-ends, m'expliqua Franck. J'ai des amis qui, t'es sûr que je peux avoir confiance en toi ? Oui oui. J'ai des amis qui misent de l'argent, pas mal d'argent, avec des cartes bleues qu'ils récupèrent dans les boîtes de nuit. Comment ça ils récupèrent des cartes bleues ? l'interrogeai-je bêtement. Disons qu'ils les chourent, pour être plus exact. Vers 4 heures, ils repèrent les mecs un peu bourrés, ceux qui parlent fort, ceux qui ne tiennent pas debout, ils s'approchent d'eux au comptoir quand les types paient des tournées. Mes potes fonctionnent par deux : l'un note le code quand le type règle ses consos, l'autre s'arrange ensuite pour lui piquer la carte. La petite lumière dans le cerveau était désespérément éteinte : et qu'est-ce qu'ils fabriquent avec toutes ces cartes ? Ils se font tous les bureaux de tabac, dès leur ouverture, avant que les mecs bourrés ne se rendent compte de la disparition de leur CB et fassent opposition. Ils vont dans plein de lieux différents pour ne pas qu'on les repère. Et ils jouent au Loto Foot. Sur un match Paris Saint-Germain-Olympique de Marseille par exemple, ils mettent cent cinquante balles sur Paris, cent cinquante sur Marseille et cent cinquante sur le match nul, comme ça ils sont sûrs de récupérer de la thune. Effectivement, quand c'est pas ton argent, c'est plus facile, lâchai-je… Mais pourquoi tu me racontes ça ? Je n'ai pas du tout l'intention de voler des cartes bleues. Ce n'est pas ce que je te propose, m'interrompit Franck, laisse-moi finir. Le truc, c'est que dans les bureaux de tabac maintenant, ils mettent des caméras de surveillance partout. Mes amis ont besoin de gens pour encaisser les tickets gagnants les lendemains de matchs. Des gens qu'on n'aurait pas vus la veille dans les tabacs, tu piges ? Des mecs comme toi, qui présentent bien. Toi, tu présentes bien. Sur un bifton de mille balles, tu te prendrais une commission de cent. Ouais, dix pour cent. Alors ?

T'en penses quoi ? J'en pensais que, vu ma guigne du moment, bah, c'était peut-être plus sûr que de miser sur les chevaux montés par Jean-Michel Bazire.

Si j'avais un truc à dire pour ma défense, c'était que tout le début de ma vie s'était déroulé dans la plus honnête normalité. Je sais que vous n'êtes pas là pour me juger, mais je tenais à vous signifier que j'avais mené jusqu'alors une existence tranquille, sans escroquer ni mon entourage ni l'État. Du travail, j'en avais toujours trouvé sans forcer, comme on dit, ou comme le dirait Aldo. À un moment de ma vie, j'avais même gagné pas mal d'argent avec cette histoire de *consulting*. Le *consulting*, vous mettez dedans tout et n'importe quoi. En Diafoirus, vous enrobez votre discours de mots incompréhensibles. Puis vous présentez la facture, avec le plus de zéros possible pour que cela fasse sérieux. Et hop, vous êtes qualifié d'expert. Si… Si, la seule irrégularité que j'aurais pu commettre dans ma vie, si tant est qu'on puisse la qualifier de la sorte, c'était que j'avais triché pour échapper au service militaire obligatoire. Lors de ce qu'on nommait à l'époque « les trois jours », je m'étais fait passer pour « asocial » et « handicapé physique ». P3-S4, ils appelaient ça, à l'armée.

Au-delà de la combine des paris sportifs, dans laquelle j'allais entrer le samedi suivant, Franck me donna quelques tuyaux pour les courses. Pas les hippiques, celles de Carrefour Market. Il m'avait en effet trouvé bien pâle et je lui avais raconté que je ne m'alimentais plus beaucoup ces derniers temps, engloutissant l'essentiel de mon argent dans le jeu et la boisson.

Il faut se servir de la balance des légumes, me confia-t-il, tu ne connais pas le truc ? Franck se lança dans une véhémente diatribe contre tous ces salauds qui saignaient les petits producteurs pour remplir à moindre coût les rayonnages de leurs supermarchés, ces fumiers poussaient les agriculteurs au suicide, comme son cousin Germain qu'on avait retrouvé pendu dans une étable, oui, son cousin s'appelait Germain, c'était pas cocasse ça, et donc il n'avait aucun scrupule à les dépouiller à leur tour, ces salauds d'Édouard Leclerc et toute leur clique. Franck fit alors dans le didactique : tu peux tout sortir grâce à la balance. La seule chose à maîtriser, mais tu sauras ça, toi qui calcules tes cotes tous les jours, c'est de rester cohérent dans les grammages que tu vas utiliser. Avec mon système, tu sais, je mange même du homard. Je t'explique. Tu te rends au rayon poissonnerie, tu demandes un homard, le type te le pèse et colle une étiquette de prix sur ton paquet, tu regardes le poids, puis tu fonces à la balance des légumes, là tu prends le truc le moins cher, genre ces tomates dégueulasses qui n'ont pas de goût, enfin si, elles ont un goût mais un putain de goût de flotte tellement elles sont fadasses, tu remplis un sac de manière à ce que le poids soit le même que celui du homard, puis tu passes aux caisses automatiques, celles où il n'y a pas d'humains, d'ailleurs c'était bien fait pour leur gueule aux supermarchés, ils voulaient économiser de l'argent et augmenter leurs marges en virant les gens, eh bien, avec son système à Franck, fini les profits. Les machines sont programmées pour reconnaître le grammage qui s'affiche sur le ticket, mais pas ce qu'il y a dedans évidemment. Donc tu changes les étiquettes et tu passes ton paquet, hop le tour est joué. Sur le fond, je n'étais pas totalement contre son principe, à Franck. J'avais déjà lu nombre d'articles par exemple sur les producteurs de lait qui cédaient à perte leur production aux supermarchés. Mais avais-je envie de manger du homard en ce moment ?

Jusqu'au 29 août, jour où je devais commencer ma tournée des bureaux de tabac pour le compte de Franck et ses complices, j'entrepris de ne pas sortir de chez moi. Mon appartement, que j'avais délaissé ces derniers temps, s'était transformé en taudis. Les plantes avaient cramé, le courrier s'amoncelait sur le guéridon, des assiettes sales traînaient de-ci de-là, des résidus de pâtes au thon obstruaient le conduit de l'évier. Je décidai donc d'effectuer un grand ménage dans ce foutoir. Et de tout reprendre en main. Cela présenterait l'avantage de m'occuper ; je ressentais un terrible vide. Je n'avais pas eu l'occasion de réaliser, jusqu'à cette semaine de réclusion, que j'étais devenu accro aux courses. Et elles me manquaient atrocement. En plus, de peur de craquer, je m'étais abstenu de retourner dans un bureau de tabac. Au supplice de ne plus jouer, s'ajouta donc celui de ne plus fumer ; au bout de deux jours, je n'avais en effet plus de cigarettes. Par chance, il me restait cinq pilules de Tramadol qu'un médecin m'avait prescrit en novembre 2017. La date de péremption était dépassée, mais ce n'était pas grave. Je les avais conservées, car j'avais eu l'intuition qu'elles me serviraient un jour. J'échelonnerais leur prise tout au long de la semaine. Cela me tranquilliserait sans doute un peu à chaque fois.

Cette semaine-là, j'éprouvai beaucoup de difficulté à dormir. Je me réveillais à peu près toutes les deux heures, et ce, jusqu'à cinq heures du matin. Là j'abandonnais toute idée de retrouver le sommeil. Je mettais France Inter sur le radio-réveil à quartz que je trimbalais, de déménagement en déménagement, depuis l'adolescence. Alors que d'habitude je me foutais de tous les trucs matériels, je ne m'étais jamais résolu à me séparer de cet appareil. Pourtant, le bouton du volume était bloqué sur 6, c'était quand même un peu fort comme niveau, surtout la nuit. Mais bon, mon père me l'avait donné lorsqu'il s'était abonné au magazine *L'Express*, ça venait en cadeau, et je continuais d'aimer, trente ans après, le lettrage rouge et carré des chiffres, surtout quand ça indiquait 22 : 22. Alors donc, je mettais France Inter. La voix doucereuse de l'animatrice Mathilde Munos me calmait, jusqu'à ce que ce gros con de Daniel Morin me fasse sortir de mes gonds à 6 h 58. Quel débile, celui-là. Il faudrait lui dire que sa manière d'introduire à l'antenne Léa Salamé et Nicolas Demorand, tous les jours le Maaaaachin de l'info et la Truuuuuucmuche de l'entretien, c'était super gonflant. Personne dans le studio n'osait lui avouer que c'était pas drôle ou quoi ? Je poursuivais de 7 à 9. *La Matinale*, ils appelaient ça. La succession de mauvaises nouvelles matinales, ils devraient dire plutôt. Avec des histoires d'enlèvement de fillette vêtue d'un blouson rose, kidnappée par son père dans le refuge pour femmes battues où se cachait la mère. Avec des histoires de salariés de chez Goodyear (enfin ils ne l'étaient plus, salariés, vu que la fermeture de l'usine avait entraîné mille cent quarante-trois licenciements en janvier) qui demandaient une relaxe, car ils avaient écopé de huit mois de prison ferme pour avoir séquestré un de leurs dirigeants. Avec des entretiens d'hommes ou de femmes politiques, dont celui d'un ministre qui avait juré que jamais au grand jamais il ne remettrait le couvert et qui bah, finalement si, car il se sentait tellement utile à la France et la France, ça, Léa Salamé, c'était quelque chose bah, vous ne pouviez pas aller contre.

Un matin, je me réveillai avec une gueule de bois épouvantable. J'avais terminé la veille une bouteille de rakija, dont j'avais jusqu'alors oublié l'existence. Je l'avais dénichée sous l'évier en effectuant des réparations et je m'étais dit qu'un ou deux verres ne me feraient pas de mal. Et tant pis si figurait la mention « quarante-cinq degrés » sur l'étiquette bricolée à la main. Deux Tramadol suffirent tout juste à me remettre d'aplomb, et ce fut péniblement que je remorquai mon corps engourdi vers le fauteuil en face de l'ordinateur. L'ordinateur, je ne l'allumais plus que pour savoir quel jour nous étions. C'était le seul appareil de l'appartement qui pouvait me fournir un indice de temporalité. De peur de craquer, j'avais en effet confié à mon voisin du dessous, Gilbert, ma box Internet et mon téléphone. Chez PMU, ce sont des malins. Ça existe aussi sur Internet. Vous entrez votre code de carte bleue, on vous offre même cent euros sur le premier pari, et puis vous jouez des heures sans bouger de chez vous, car les courses sont retransmises en direct sur le site. Gilbert, je le connaissais assez peu, on se croisait souvent dans l'escalier et on papotait deux minutes, cela se résumait à cela. Il écarquilla les yeux quand je lui demandai expressément de ne pas m'ouvrir si je sonnais à sa porte. Qu'est-ce qu'il vous arrive, Anatole ? Vous voulez entrer quelques minutes pour boire un verre ? Non, non, Gilbert, vous êtes gentil, mais ce ne serait pas un service à me rendre. L'ordinateur m'indiqua que nous étions le 27 août. Plus que deux jours à tenir avant le rendez-vous avec Franck. Ce qui me manquait, c'était une petite cigarette. Elles ont toutes la même taille, il n'y a ni grande ni petite cigarette, mais c'est pour donner une connotation affective à cette alliée dans les moments de crise. Et là, c'était peu de le dire ; crise.

Le samedi 29 août, oui le 29 août enfin, je sortis de chez moi pour me rendre à La Croisée des saveurs où Franck m'avait fixé rendez-vous. Il était 17 h 30. J'étais arrivé une heure avant pour boire quelques Veltins et fumer des cigarettes sur la terrasse ensoleillée. Franck se pointa avec un nommé Redouane. Redouane, comme « vin rouge » en anglais, sauf qu'il ne buvait jamais, au contraire de Franck qui commanda direct un ti-punch à Félicité. Alors voilà, je te présente Redouane. Enchanté. Je m'étais levé de ma chaise pour lui serrer la main et il me tourna autour. Redouane m'observait comme on inspecte un domestique qu'on s'apprête à acheter sur un marché aux esclaves. Sans doute vérifiait-il si je correspondais à la description que Franck lui avait faite de moi. Oui, c'était vrai que je présentais bien. Une fois rasséréné, Redouane s'assit à ma table et sortit un plan de Nantes qu'il avait imprimé et annoté. Les treize endroits où je devais me rendre étaient entourés au crayon rouge. Je n'avais qu'à suivre scrupuleusement le circuit, rien de plus simple. Pas d'écart hein, Anatole, et surtout,

surtout, tu n'encaisses pas deux tickets dans un même établissement. Tu as un ordinateur chez toi ou une radio ? Oui, bien sûr, répondis-je, même si l'ordinateur je n'avais plus Internet dessus. Comment ça « plus Internet » ? Rien, rien, trop compliqué à t'expliquer, mais ne t'inquiète pas, j'ai un radio-réveil. O.K., donc voici les tickets. Ce soir, tu écoutes à la radio les résultats des matchs de foot et demain, à la première heure, tu vas encaisser ceux qui sont gagnants, on est O.K. ? On était O.K. J'avais, en repartant de La Croisée des saveurs, trente-neuf tickets de paris sportifs dans la poche. Treize étaient forcément gagnants.

Le Dijon Football Côte-d'Or était ce qu'on appelait une équipe de bas de tableau. Montés en première division deux ans plus tôt, les Bourguignons ne comptaient aucune vedette dans leur effectif, à part peut-être Romain Amalfitano qui avait effectué quelques années plus tôt une pige chez les prestigieux Anglais de Newcastle United. Depuis deux saisons, les Dijonnais luttaient tant bien que mal pour leur maintien dans l'élite, alternant bons (parfois) et mauvais (souvent) résultats. Si je vous raconte cela, car vous allez me dire on s'en fout, si on voulait entendre parler football on regarderait *Téléfoot*, c'est que Dijon, ce 29 août, affrontait le Paris Saint-Germain. L'imbattable PSG avec sa pléiade de vedettes. Des Brésiliens, des Argentins, des Italiens, payés à coups de millions alors qu'à Dijon le salaire plafond était de soixante-cinq mille euros. Je le savais, car ils l'avaient spécifié sur RTL, la station de radio que j'avais choisie pour écouter le multiplex. Sur la liste des cotes que j'avais embarquée en quittant La Croisée des saveurs, la victoire de Dijon était fixée à quarante-huit contre un. Celle de Paris à un virgule deux tellement il était impossible d'envisager une défaite. Sauf que. Sauf que voilà, le défenseur central de Dijon, Bruno Ecuele-Manga, expédia le ballon dans la lucarne parisienne. Sauf que voilà, les Parisiens ne mettaient pas un pied devant l'autre, à part sur le tibia du Dijonnais Ngonda Muzinga qui valut son carton rouge au milieu de terrain Marco Verratti. Sauf que voilà, cent cinquante multiplié par quarante-huit, eh bien, ça faisait sept mille deux cents lorsque l'arbitre siffla la fin du match. Le journaliste de RTL criait dans le poste que c'était exceptionnel, que c'était un véritable coup de tonnerre dans le championnat. Et il avait raison : j'avais un ticket de sept mille deux cents euros sous les yeux. Et c'était sans compter les douze autres. Alors Nantes-Guingamp, six cent vingt euros. Montpellier-Rennes, quatre cent trente-deux. Nîmes-Marseille, sept cent dix. Bref, au total, j'avais en ma possession pour près de quinze mille euros de tickets gagnants. La petite lumière était résolument éteinte. C'était décidé : je prendrais le premier train à l'aube.

Je disposais de vêtements propres, car durant ma semaine de reprise en main, j'avais passé à la machine sept caleçons, sept tee-shirts et treize chaussettes (impossible de remettre la main sur la deuxième rouge siglée H&M). J'enfournai le tout dans un grand sac. J'étais prêt à partir. Je n'avais aucune idée de l'heure du premier train. Ma box Internet était emprisonnée chez Gilbert, ainsi que mon téléphone. Mon téléphone d'ailleurs, c'était tant mieux. Franck avait mon numéro et nul doute qu'il allait me harceler. Il était minuit.

Je programmai le radio-réveil à 4 heures et tentai de dormir un peu. Je ne réussis pas à fermer l'œil. Je déconnais. Bien sûr que je déconnais. J'allais me mettre toute la pègre aux trousses. Le Redouane, il allait forcément me retrouver et là, ce serait ma fête. Bah oui, mais quinze mille balles, c'était inespéré. J'aurais la possibilité, avec cet argent tombé du ciel, d'améliorer ma méthode. La perfectionner. En misant parfois plus, parfois moins. En adaptant mes calculs. Du coup, j'allais gagner beaucoup plus et, avec le pactole, me tirer à l'étranger. En Colombie, pourquoi pas. Un bail que je n'y étais pas retourné. Et là, Redouane, il pourrait toujours venir me chercher : aucun risque, je connaissais plein de coins reculés et sympas. Quand bip bip bip bip il fut 4 heures, j'étais pile en train de me dire qu'au moins Redouane ne porterait pas plainte contre moi. Eh eh.

C'était la première fois que je me rendais dans une gare sans connaître à l'avance ma destination. Je ne sais pas si vous avez déjà vécu ça ? Eh bien c'est assez étrange comme sensation, surtout quand le panneau de la SNCF vous indique « Le Croisic – Départ TER 6 : 02 ». Le Croisic, ce n'était pas du tout ce que j'avais escompté. Qu'est-ce que j'allais fiche là-bas ? Était-ce assez loin au moins ? Pas sûr, mais pour fuir dans des villes comme Lille ou Marseille, je devais encore patienter une heure. Il valait mieux que je ne m'éternise pas trop longtemps à Nantes. Mon billet en poche, je fumai une cigarette sur le parvis de la gare et une jeune femme voulut m'en échanger une contre cinquante centimes. Je lui en offris une de bonne grâce. Gardez votre pièce, mais si vous vouliez me rendre un service, ce serait de me prêter votre téléphone une minute pour que je regarde un truc sur Internet. Je lus que Le Croisic, petite cité de caractère, était localisée sur une île granitique qui était restée séparée de celle de Batz-sur-Mer et du continent jusqu'au IXe siècle, et qu'elle était un des joyaux de la côte sauvage de la presqu'île guérandaise. Allez, ça me paraissait pas mal. Vous allez au Croisic ? m'interrogea la jeune femme lorsque je lui rendis son téléphone. J'y vais aussi. D'ailleurs, c'est maintenant, regardez le panneau : *Quai numéro six.* Jules César, c'était devant le Rubicon ; moi ce fut face au TER 897045 que je prononçai (dans ma tête, pas devant une armée de légionnaires) la fameuse locution latine *Alea jacta est.*

Dans le même lettrage rouge que mon radio-réveil, un écran lumineux égrenait les différentes stations desservies par le train. Il y avait d'abord Savenay, puis Saint-Nazaire, Pornichet, La Baule et enfin Le Croisic. Pornichet… Adolescent, j'avais passé des vacances juste à côté, chez des cousins qui possédaient une maison à Sainte-Marguerite. Je gardais le souvenir d'une station balnéaire calme, tout juste dotée d'une supérette, d'un hôtel et d'un bar, la civilisation moderne s'étant en effet arrêtée aux portes de Saint-Nazaire et Pornichet qui l'encerclaient. Oui, dans mes souvenirs, il y avait un bar. Un bar où, avec mes cousins, nous allions nous jeter les premiers demis de notre jeune existence en cachette des adultes. Avec un peu de chance, ce serait un PMU. La jeune femme de la cigarette était montée dans un autre wagon. Je partis à sa recherche et tombai bien vite sur elle (il n'y avait personne dans le train, je vous rappelle qu'on était un dimanche). Je peux vous redéranger ? J'aurais encore besoin de votre téléphone une minute. Si vous voulez, je vous donne une autre cigarette… Elle acquiesça pour les deux, le petit service et la clope, ça l'arrangeait bien, car le tabac de la gare n'était pas encore ouvert quand nous étions partis. Google, PMU, Sainte-Marguerite. J'étais sauvé : Bar PMU La Caravelle, 21, avenue du Littoral. J'avais une deuxième recherche à effectuer. Google, hôtel, Sainte-Marguerite. Parfait, hôtel-restaurant Le Marina, 26, avenue des Pins. Je descendrais donc à Pornichet et marcherais jusqu'à Sainte-Marguerite.

Purée, je ne me rappelais pas que Sainte-Marguerite se trouvait si loin de Pornichet. Le trajet à pied me parut interminable. J'avais emprunté le chemin côtier. C'était toujours tout droit et il m'était agréable de longer la mer, mais je n'étais plus en si bonne forme que lors de mon dernier séjour trente ans plus tôt. À force de passer ma vie dans les troquets, à fumer et boire, j'avais bien entamé mon capital santé et là, avec mon sac à dos et les rayons de soleil naissants, je suais. Enfin, je n'allais pas me plaindre. J'avais fui Nantes sans encombre, et maintenant j'avais la mer sur ma droite et quelques jolies bicoques sur ma gauche. La saison estivale était terminée et presque toutes les maisons, volets clos, semblaient abandonnées. Ou alors était-ce dû à l'heure matinale de ma marche : il était fichtrement tôt. Tiens, celle-là, avec ses colombages, peut-être que je pourrais me l'acheter avec mes futurs gains… Je n'avais jamais voulu investir dans l'immobilier, mais là je devrais bientôt songer à blanchir mon argent. Et puis ce serait drôle de copier Françoise Sagan avec sa demeure normande. Un jour, la fille, elle gagne huit millions au casino, elle se pointe au manoir du Breuil et elle sort au propriétaire : tiens, voilà huit millions, tu débarrasses tes petites affaires pendant que je me coule un bain, c'est où la salle d'eau ? Bon, on n'en était pas encore là.

Après une heure de marche, j'arrivai enfin dans le centre-bourg. Centre-bourg qui se résumait à un salon de coiffure, une pharmacie, une supérette, un hôtel et un bar-PMU-bureau de tabac. Je ne serais pas emmerdé, c'était sûr. D'autant que, comme me le dit la tenancière de l'hôtel Le Marina où je me rendis illico, les touristes avaient déserté Sainte-Marguerite en cette fin du mois d'août, d'ailleurs qu'est-ce que je faisais là, ce n'était pas souvent qu'elle avait du monde à cette période. Je restai évasif. Été mouvementé. Grosse fatigue. Besoin de repos. Tout ça tout ça. À sa réponse, je compris qu'elle me pensait en pleine séparation. Vous avez raison, c'est bien de faire un break parfois, mais vous verrez, je suis sûre qu'elle reviendra. C'était parfait, la patronne du Marina ne me poserait pas d'autres questions que celles inhérentes aux ruptures sentimentales et, sur le sujet, je pouvais inventer : j'en connaissais un rayon. Elle m'indiqua la trois cent treize, nombre qui laissait supposer que l'établissement était immense, alors qu'il y avait à tout casser dix chambres. Puis elle me montra le passage, sur la droite du bâtiment, si jamais je rentrais après 22 heures, c'était avec la p'tite clef, non, l'autre, voilà. Je comptais rester combien de temps ? Euh, je n'en savais rien, mais oui oui elle comprenait très bien, ces choses-là on ne pouvait jamais savoir, je prendrais le temps qu'il me faudrait. D'ailleurs, si je voulais me changer les idées, il y avait une bibliothèque dans le coin salon, oh il n'y avait pas beaucoup de livres, mais je pouvais me servir et bouquiner tranquille sur le canapé bordeaux, il était super confortable. Je ne demandais pas à avoir les idées changées, je lui promis cependant que j'irais jeter un œil à sa bibliothèque. Et je voulais régler comment ? Bah, en espèces, il fallait juste que je retire des sous. Aucun souci, il y avait un distributeur à côté de la pharmacie, à deux rues d'ici. Avant de monter déposer mes affaires, je lui demandai à quelle heure ouvrait le bar-tabac. À 8 heures. Ça tombait bien, il était 8 heures.

Tout s'était passé très vite, j'avais pris la poudre d'escampette sur un coup de tête, mais je n'avais pas réfléchi à un problème. Un gros problème : où encaisser tous mes tickets gagnants ? Je n'allais pas débarquer au PMU de Sainte-Marguerite, bonjour, monsieur, voici treize tickets de Loto Foot est-ce que vous pourriez me filer quinze mille euros ? Je pouvais tout au plus en refourguer un, mais le Dijon-PSG à sept mille balles, on me regarderait bizarrement. Je devais en effet demeurer le plus discret possible dans cette bourgade où je comptais me réfugier quelque temps. J'avais bien une solution, la même que celle prescrite par Redouane : les écouler dans treize établissements différents. Mais alors là, compliqué. Il fallait pour cela que je me tapasse, et sans sangria, tous les bars-tabacs de la côte. Je cachai mes douze sésames sous le sommier du lit et me rendis au PMU avec le Nantes-Guingamp, celui à six cent vingt euros. Celui-là, ça passerait. On n'était pas loin de Nantes, ça paraissait crédible qu'un supporter des Canaris, courroucé par les nombreuses contre-performances de son équipe favorite, mise une grosse somme sur l'adversaire des Jaune et Vert. Je descendis dans le hall de l'hôtel et demandai à la patronne du Marina si elle possédait une carte de la région. Bien sûr, la mairie de Pornichet en éditait une chaque année, avec en plus les horaires des marées au verso, tenez. Elle souligna au stylo à bille l'endroit où nous nous situions, puis m'indiqua que par là c'était très sympa, y avait deux-trois p'tites criques très chouettes, elle pourrait même m'accompagner si je le souhaitais. Euh. Ah j'oubliais, nous assurons aussi la restauration, conclut-elle pour rompre l'embarras que mon absence de réponse avait provoqué, mais il faut me prévenir si vous souhaitez déjeuner ou dîner ici. En septembre, elle faisait moins de courses, ça servait à rien de tout perdre. J'aurais dû écouter ses derniers mots. Faire moins de courses pour ne pas tout perdre.

La Caravelle n'avait pas changé depuis mon adolescence. Sur la gauche, se trouvait toujours le coin bureau de tabac, avec la presse du jour, les magazines et un présentoir dédié aux cahiers de mots croisés. Et sur la droite, le bar. Ce que je n'avais pas réalisé à l'époque, du reste peut-être cela n'existait-il pas, c'était qu'au fond de l'établissement une pièce était réservée aux turfistes. Avec écran de télévision vissé au mur, borne automatique, table haute et tabourets. Après avoir effectué ce rapide repérage, je me rendis au comptoir de la partie tabac pour encaisser le Nantes-Guingamp. Eh bien, vous avez eu le nez creux, me lança celle qui devait être la patronne du lieu. En revanche, ça ne m'arrange pas du tout. J'ai ouvert il n'y a pas longtemps et vous me dépouillez avec ce ticket. C'est que, répondis-je, je viens d'arriver à Sainte-Marguerite et je n'ai pas du tout de liquide, ça me dépannerait bien de toucher mes sous. La patronne me demanda si je comptais repartir tout de suite. Non, j'étais là pour plusieurs jours, je m'étais installé à l'hôtel Le Marina et, ce matin, j'avais prévu de boire des cafés tout en préparant mes courses hippiques du jour. Nous trouvâmes un compromis : elle me donnait la moitié de la somme en liquide, trois cent dix euros, et m'accordait un crédit identique au bar. J'en récupérerais le solde plus tard dans la journée. J'acquiesçai. D'une, je n'avais pas vraiment le choix. De deux, je n'allais pas la ramener avec mon ticket volé. Au bar, je commandai à celui qui devait être le mari de la patronne un café et un Perrier, puis m'installai sur un des tabourets de la pièce réservée aux turfistes. J'étais, il faut bien l'avouer, très excité. Je venais de passer une semaine sans jouer et là j'avais en ma possession de quoi composter une ribambelle de tickets. Il n'était même pas 9 heures. J'avais du temps pour analyser les épreuves avant le début de la première réunion. Au programme ce jour-là, que des grosses courses : Saint-Cloud, Vincennes, Clairefontaine, Mons. Et une nouvelle règle que je m'étais fixée : pas de mises dépassant dix euros.

La première heure, je fus tranquille. Le téléviseur n'était même pas allumé. Il y avait bien quelques clients à La Caravelle, mais personne ne s'aventurait dans le coin PMU. À côté de la borne, une tablette tactile était accrochée au mur et mise à disposition des turfistes. On passait son doigt dessus et s'affichaient toutes les informations sur les courses du jour. Incroyable. Je n'avais encore jamais vu ça, ni au Platane ni à La Croisée des saveurs. Je me régalais. C'était le même type de renseignements que sur Equidia, sauf que là j'avais davantage de temps pour effectuer mes calculs. Alors, première réunion à Saint-Cloud, prix du Val d'Oise, dotation de quarante mille euros, terrain plat, deux mille quatre cents mètres, seize partants. Tiens, il y avait cet incapable de Pierre-Charles Boudot qui montait La Roselière, cotée à quatorze contre un. T'as qu'à croire que j'allais miser sur toi, déjà que tu m'avais fait perdre des fortunes. Dans cette course, trente-trois divisé par quatre plus douze, j'optai plutôt pour Théo Bachelot sur Folleville, à treize contre un. Je passai deux heures à préparer mes paris, alternant calculs avec la tablette et mises sur la borne. Entre Saint-Cloud, Vincennes, Clairefontaine et Mons, il y avait trente-et-une courses ce jour-là et je disposais de trois cent dix euros. C'était un excellent présage. Toutes les conditions étaient réunies pour que je passe une bonne journée.

Il était 11 h 22 lorsque je ne me sentis pas bien. Je me souviens de l'horaire, car un serveur s'était déplacé pour mettre Equidia. En quelques minutes, sans que je m'en rendisse compte au début, car j'étais absorbé dans mes savants calculs, la pièce fut envahie par les habitués. Ils avaient l'air habitués, car tous se saluaient de leur prénom. Et tout ce petit monde, les Madjid, Alex, Juju, Thierry, Jibé, Momo me dévisageaient avec suspicion. En juillet et août, d'accord il y avait bien quelques touristes égarés dans ce lieu, pas mal de Parigots surtout, mais là, alors que la saison estivale avait pris fin, que glandait ce type chez eux, dans leur bar ? C'était sans doute ce qu'ils marmonnaient tous, quand ils sortirent fumer dans la cour intérieure. Je profitai de leur absence pour m'éclipser à mon tour, dans le sens opposé, côté mer. J'avertis la patronne que je repasserais plus tard et lui demandai, avant de retourner à l'hôtel, s'il y avait un tabac à Saint-Marc-sur-Mer. Un tabac ? Pourquoi avais-je besoin d'un tabac, alors qu'elle-même faisait tabac ? Merde, gaffe. Mon cerveau me surprit, qui inventa un bobard à toute allure.Vous avez des cigarillos Montecanilo DB472 ? Euh non, me répondit-elle, jamais entendu parler. J'ai cru remarquer tout à l'heure que vous n'en aviez pas, lui fis-je. C'est une marque assez rare. J'ai souvent du mal à les trouver. C'est pour ça que je vous demandais s'il y avait un tabac à Saint-Marc. Je vais tenter ma chance là-bas, on ne sait jamais. Et de la chance, j'en avais, me précisa la patronne, c'était un des derniers jours où ils ouvraient encore. En septembre, ils prenaient leurs congés annuels. Elle le savait, car ils se concertaient pour leurs vacances respectives. Fallait pas mettre les fumeurs du coin dans la panade.

Repassé à l'hôtel, je me munis du Montpellier-Rennes, celui à quatre cent trente-deux euros, et j'empruntai le chemin côtier pour rallier Saint-Marc-sur-Mer. Ne ratez pas la statue de Tati, me recommanda la patronne du Marina à qui j'avais demandé la direction. Bon, il lui manque sa pipe. Chaque année ils en remettent une, mais chaque année on la lui vole, les gens tout de même. Tati, c'était Jacques Tatischeff, le cinéaste venu dans le coin en 1951 pour tourner *Les Vacances de M. Hulot*. Je n'y manquerai pas, promis-je à l'hôtelière (mais j'avais quand même autre chose à foutre). Le trajet était assez simple, j'avais juste à poursuivre celui qui m'avait mené de Pornichet à Sainte-Marguerite. Quatre kilomètres plus loin, après quelques pauses sur les bancs qui jalonnaient le parcours, face à la mer, c'était beau la mer, on devrait quitter Nantes plus souvent, franchement c'était même pas à une heure, vraiment dommage de s'en priver, quatre kilomètres plus loin donc, je tombai sur la fameuse statue. Un M. Hulot en bronze qui lui aussi contemplait la mer, mais pas comme moi (j'aurais eu l'air bête) : mains sur les hanches, bras en arrière. Je m'engageai dans la rue principale, la seule garnie de commerces *a priori*, et avisai le bureau de tabac. Des seaux et pelles en plastique multicolores étaient entreposés devant l'établissement, avec un panneau *Soldes* qui pendouillait sur un râteau. Je m'armai de courage et entrai. Si je dis m'armai de courage, c'est que je savais que l'accueil qui me serait réservé n'allait pas forcément être sympathique. Et il ne le fut pas. La Française des jeux, ils commencent à me gonfler. Encore un qui me vide ma caisse, alors que je me barre en vacances demain. Y en a vraiment marre. Je vais arrêter avec les jeux. Pour ce qu'on touche dessus. Ce n'est pas vous que j'engueule, monsieur, vous n'y êtes pour rien, mais si vous saviez le faible pourcentage qu'ils nous refilent pour tous les emmerdements que ça nous amène. Il est même pas 13 heures et après vous je n'aurai quasiment plus de liquide. Il me tendit les billets qu'il comptait et recomptait en pestant. Je lui en rendis un, de cinquante euros. Je vais vous prendre deux paquets de Camel et un seau en plastique. De quelle couleur ? il m'interrogea. Je m'en fichais de la couleur. Je ne lui avais pas répondu, mais je savais le montant du pourcentage que la Française des jeux lui refilait pour tous les emmerdements que ça lui amenait : huit pour cent sur chaque ticket, c'était Abdelkader qui me l'avait dit. Lui en revanche ignorait à quoi allait me servir son seau.

Alors, vous l'avez vu Tati ? À mon retour au Marina, ce fut la première phrase que me sortit l'hôtelière. Je répondis par l'affirmative, et même qu'elle avait raison, toujours pas de pipe, c'était regrettable, de nos jours on ne pouvait vraiment plus blablabla. La deuxième phrase fut « ça fera trois nuits, donc », quand je lui tendis quatre billets de cinquante euros (elle me faisait grâce des dix euros manquants, la nuit étant facturée soixante-dix). Oui, commençons par trois nuits, acquiesçai-je. Nous étions dimanche, ça m'amenait jusqu'à mercredi matin, j'aurais ensuite le temps d'aviser. Elle était sûre que tout allait s'arranger, trois jours ça lui semblait le délai idéal pour un break et si j'avais besoin de quoi que ce soit, parler par exemple, autour d'un p'tit verre, elle avait un excellent calva qui lui venait de son oncle, elle le gardait pour les occasions spéciales, bien sûr ce serait cadeau de la maison, donc si j'avais besoin elle était là, de toute façon elle était moins occupée depuis que les estivants étaient partis et au fait elle s'appelait Simone. J'étais repassé au Marina pour m'acquitter de ma dette et déposer mon seau en plastique rose (oui, j'avais choisi rose comme couleur). Je n'allais pas me le trimbaler à La Caravelle où j'avais prévu de retourner. La taulière l'avait vu, mon seau. Or j'étais venu seul, sans enfant, en plein marasme sentimental, et cela lui brûlait les lèvres de me demander pourquoi diable je me promenais avec cet objet incongru. Je ne lui en laissai pas l'opportunité, merci Simone, vous êtes gentille, et montai dans ma chambre.

Bon, où est-ce que j'allais le cacher ce seau ? Après une rapide inspection de la chambre et de la salle de bains attenante, je décidai de le dissimuler dans la penderie sur laquelle était posé le téléviseur. Heureusement que je ne regardais jamais la téloche ; avec un poste juché à cette hauteur, c'était un coup à attraper un torticolis. Je planquai le seau derrière un coussin, après y avoir jeté les billets de banque qu'il me restait des Nantes-Guingamp et Montpellier-Rennes, ainsi que les onze tickets gagnants que je n'avais pas encore écoulés. Depuis mon réveil, j'avais déjà effectué plus de trois heures de marche et, même si personne n'avait eu la disgrâce de me le signifier, je sentais mauvais. Une douche s'imposait. Le filet d'eau était maigre, mais je ne m'en aperçus qu'au bout d'un quart d'heure. Mon regard était en effet absorbé par une frise en plastique scotchée sur la paroi de la douche et qui tenait par je ne sais quel miracle. Un hippocampe s'y battait en duel avec un gros poisson noir, une raie peut-être, je ne m'y connaissais pas trop en poiscailles, au milieu de ce qui devait représenter des algues, mais le magma verdâtre était assez confus. Qui avait bien pu avoir l'idée de décorer une douche avec une frise aussi laide ? J'espérais que cela ne fût pas Simone, jusque-là elle m'était sympathique. Ne pouvait-on pas laisser les gens se laver tranquillement, sans les distraire dans cet acte nécessaire et quotidien qui tout au plus devait durer trois minutes, rapport au respect de la planète tout ça ? Un pommeau de douche classique consomme en moyenne quinze litres par minute. Alors si vous perturbez les gens, je vous laisse calculer, mais bonjour le gaspillage.

Ce fut Madjid qui m'aborda en premier. Sitôt lavé, j'étais retourné à La Caravelle et avais pris place sur un tabouret de la salle des turfistes, quand un Maghrébin, vêtu d'une polaire jaune fluo et de lunettes de soleil de la même couleur, me sortit on se connaît, non ? Ça m'étonnerait, je n'habite pas ici, me défendis-je. Si, si, je t'ai déjà vu. Tu serais pas de Nantes par hasard ? J'y étais y a pas longtemps, j'ai une ex là-bas. Mince, où ce type m'avait-il déjà vu ? Quand t'es venu à La Caravelle ce midi, poursuivit-il, je me suis dit que ta tête m'était pas inconnue. À Nantes, tu fréquentes pas Le Platane par hasard, le PMU qu'est à côté de la gare ? Euh si, j'habite dans le coin, ça m'est arrivé d'y passer… Bah voilà, c'est là que je t'ai vu, s'exclama-t-il. T'avais une veste grise et t'avais perdu un bouton, je l'avais ramassé par terre. J'aurais pu prendre peur, j'étais à peine arrivé à Sainte-Marguerite que c'en était déjà fini de mon anonymat, mais il m'offrit un verre, nous engageâmes la conversation et je me rendis vite compte que Madjid, avec un *d* devant le *j* me précisa-t-il, ne me causerait pas de problème. Madjid avait fait un peu de taule dans sa jeunesse, des histoires classiques de trafic de stupéfiants dans sa cité, à Saint-Nazaire. Aujourd'hui, il s'était rangé des voitures. D'ailleurs, de voitures il n'en conduisait plus vu qu'il était sous le coup d'un procès, oui il avait un peu merdé un soir, bourré, il avait renversé un cycliste, le mec avait rien eu de grave, mais lui si, vu qu'il avait pas payé l'assurance, bon c'était un peu le problème du PMU, on pouvait pas et régler son assurance et avoir de la thune pour miser. Là-dessus, j'étais d'accord avec lui.

Ensuite déboula Alex. Alex, un petit énervé qui parlait fort. Plus qu'à l'habitude, me confia Madjid, d'ordinaire il ne buvait pas autant. Ce jour-là, Alex avait commencé tôt la Desperados, cette bière blonde aromatisée à la tequila qui, quand on en boit une ça va, mais quand c'est au moins la dixième eh bien, on raconte pas mal de conneries, on se distingue, on importune. Un type fit remarquer à la patronne qu'elle ne tenait pas sa clientèle, ce à quoi elle avait rétorqué monsieur, je ne vous connais pas, j'accueille qui je veux dans mon établissement, Alex est un de mes habitués, bon d'accord aujourd'hui il est un peu excité, mais si vous n'êtes pas content vous pouvez prendre cette porte, vous voyez, celle qui donne sur la mer. Alex, à force de se faire rabrouer de toute part, chercha une autre victime et vint me titiller à mon tour. Mac Lesggy, il me surnomma, en raison de mes lunettes qui ressemblaient à celles de l'animateur de télévision du même nom. Alors Mac Lesggy, ça gagne un peu ? Je lui répondis que moyen, je m'étais vautré sur Clairefontaine. Pourtant ce midi, je t'ai vu en plein calcul, Mac Lesggy, ça marche moins bien que dans « E=M6 » ?

Le lendemain, quand je recroisai Alex, il était plus calme.Voire penaud. Il ne me surnomma plus Mac Lesggy, mais « le Nantais ». Le lundi en effet, j'étais retourné à La Caravelle en milieu de matinée. J'avais remporté quelques courses la veille, enfin les chevaux sur lesquels j'avais misé avaient remporté quelques courses et, par voie de conséquence, je n'avais pas eu besoin d'aller à Pornichet encaisser d'autres tickets de Loto Foot, car il me restait beaucoup de crédit, au bar et sur mon ticket de gain. Je me trouvais bien à La Caravelle. L'ambiance y était bon enfant et tout était conçu pour que le turfiste s'y sente à l'aise. Le couple de patrons, les trois serveuses et le serveur, en alternance, étaient aux petits soins. De plus, j'avais bénéficié du concours de Madjid qui, tout au long de l'après-midi, m'avait introduit auprès des habitués. Dès le deuxième jour, ma présence ne choquait déjà presque plus. Alex déboula en premier, lunettes noires sur le nez et casquette enfoncée sur la tête. Il commença par s'excuser auprès de Patricia, j'appris ainsi que la patronne s'appelait Patricia, pour son comportement de la veille, commanda un Perrier et s'assit à côté de moi sur la table haute. Putain, j'ai déconné hier... Oui, j'ai vu, lui répondis-je avec un sourire complice, t'inquiète pas, ça arrive de se prendre une cuite, j'ai l'impression que la patronne ne t'en tient pas rigueur. Oui, mais j'ai vraiment déconné... En plus d'avoir fait chier tout le monde, j'ai paumé mon ticket. Un ticket gagnant à neuf cents balles sur un Multi en Quatre. Oh merde, lâchai-je en compatisseur. Patricia a regardé les vidéos d'hier, on me voit bien avec mon ticket dans la main à un moment et puis après plus rien, enfin si, on me voit emmerder les gens, d'ailleurs excuse, j'ai dû être relou avec toi aussi, un moment je t'ai piqué tes lunettes, non ? Pas grave, le rassurai-je. Tu prends quoi ? Patricia, tu remettras un muscadet au Nantais s'il te plaît, sur ma note. Merci.

J'avais décidé de ne pas trop boire. C'était raté, mais je ne pouvais pas refuser. Processus d'intégration oblige.

Madjid arriva à son tour. Tee-shirt rouge, lunettes rouges, ecchymoses sur le front, tout était raccord en matière de couleur. Oh la vache, qu'est-ce qui t'est arrivé ? l'interrogea Alex. Je me suis viandé en vélo, répondit l'éclopé. En sortant d'ici hier soir, je suis allé boire un verre chez Juju. Et voilà… Enfin ça, c'est pas le plus grave. Je retrouve plus mon téléphone. Il doit être chez Juju, tenta de le rassurer Alex. Bah non, déjà là-bas, je l'avais plus sur moi, je le sais parce que j'ai appelé ma *darling* avec le téléphone de Juju, d'ailleurs j'aurais pas dû, je me suis fait pourrir vu que j'arrivais même plus à articuler. Bref, j'ai dû le paumer ici. Demande à Patricia de regarder les vidéos de surveillance, risquai-je dans la conversation, Alex vient de le faire… Hein ? Alex dut raconter à nouveau le coup du Multi en Quatre, oui son joli coup dans la troisième, le ticket il l'avait eu en main une bonne partie de l'après-midi et après, envolé, et d'ailleurs c'était pas lui, Madjid, qui le lui avait pris à un moment ? Madjid s'emporta. T'es ouf, Alex, tu me prends pour qui, la Despé t'est trop montée à la tête, mec. La discussion s'échauffait et j'intervins pour calmer les esprits : va voir Patricia, je suis sûr qu'elle va t'aider à le retrouver. Madjid posa ses lunettes rouges sur la table haute et se dirigea vers le comptoir. Alex et moi, on entendit de loin : eh oh les gars, ici c'est La Caravelle, pas le Cinéville de Saint-Naz, si vous voulez mater des films, achetez-vous des DVD et organisez-vous des soirées pop-corn, j'ai du boulot, moi.

À La Caravelle, il y en avait un autre qui se sentait à l'aise : le chien de la patronne. Un peu trop à l'aise même, de l'avis de Madjid qui envoya promener le caniche lorsque celui-ci commença à se frotter contre sa jambe gauche. Laisse-le vivre, ce pauvre chien, il t'a rien fait, protesta Alex, t'aimes pas les animaux ? Tu rigoles ou quoi, s'emporta Madjid. S'il y a bien une personne ici qu'aime les animaux, c'est moi. Toute ma vie, j'ai eu des bêtes. Aujourd'hui j'ai seulement une tortue, mais quand j'étais plus jeune, j'ai vécu avec des faucons, des pigeons, des chiens, et même une chouette. Une chouette ? m'étonnai-je. Ouais, une chouette que mon père avait ramenée du bled. Et tu ne l'as plus ? interrogea Alex. Non. Une semaine, je me suis absenté et, à mon retour, elle n'était plus là. Je croyais qu'elle s'était enfuie, j'ai su plus tard que mon petit frère l'avait vendue contre du shit, j'étais dégoûté… Le chien de la patronne choisit ce moment pour revenir à la charge, mais là, c'était à la jambe droite de Madjid qu'il s'attaquait. Le Maghrébin le saisit des deux mains et l'expédia dans la cour. Méfie-toi, le chien, rigola Alex, tu vas finir en Deux sur Quatre à Longchamp, comme la chouette à tonton Madjid. À propos de courses, j'oubliais de vous dire que celles de la matinée avaient débuté. Equidia diffusait la première épreuve, une course de haies à Compiègne. Un type, que j'avais aperçu la veille, déboula en trombe dans la salle des turfistes : il est là le Quatre, il est là ou pas ? Eh oh Jibé, tu pourrais dire bonjour d'abord, le réprimanda Alex, on te demande, nous, si elle est là ta sœur ? Euh pardon, salut les gars, mais le Quatre, il est là le Quatre ? Le Quatre, il s'est vautré dès la deuxième haie, chambra Madjid. Oh merde, fait chier, grogna Jibé, encore vingt balles de perdues. Mais non, je déconne, le rassura Madjid. Regarde-le ton Quatre, il est bien. Tu le vois pas, en jaune et vert sur la deuxième épaisseur ? Ouf… mais t'es con aussi, rouscailla Jibé qui n'avait visiblement pas goûté la plaisanterie. Du reste, deux minutes plus tard, Jibé ne goûta plus rien du tout, même pas son café qu'il abandonna sur la table en quittant les lieux. Le Quatre avait terminé quatrième. La place du con, celle qui ne rapporte rien.

Dans la cour intérieure, je fis ensuite la connaissance de Jean-Christophe, avec qui je partageai un moment et une clope. La soixantaine, mèche finement peignée, polo marinière et chaussures bateau, il ressemblait davantage aux promeneurs que l'on croise sur le remblai de La Baule qu'à un turfiste dans un PMU de Sainte-Marguerite. Pourtant, turfiste, il l'était jusqu'au bout des ongles, qu'il avait tout rongés. Jean-Christophe causait entre guillemets. De sa voix grave, un timbre à bandannoncer que sort bientôt sur vos écrans le nouveau film de Bruce Willis, il m'expliqua que, plus jeune, il débourrait les chevaux. Débourrer, je ne connaissais que la signification qui pouvait notamment s'appliquer ce jour-là à Alex et Madjid, mais pas celle qui se rapportait aux équidés. Le débourrage, m'expliqua-t-il, consiste à amener le cheval à accepter une selle, un filet et un cavalier, puis à comprendre et exécuter des ordres. Cette phase peut durer plusieurs mois et ce ne sont pas ces entre guillemets fainéants de jockeys qui s'en chargent. Des types sont payés pour ça, et lui, Jean-Christophe, en avait fait sa spécialité. Il me montra alors quelques-unes des cicatrices qui bariolaient ses bras. Débourrer un cheval, c'est très dangereux. Au début, l'animal est revêche. Surpris, il se défend et envoie valdinguer son cavalier. Ce n'est que quand le cheval réagit entre guillemets positivement qu'on peut penser à lui poser sur le dos un jockey coloré et un numéro dans la troisième réunion à Vincennes. Tu n'as jamais pensé à devenir jockey ? lui demandai-je. Si, mais mon père ne voulait pas. Il souhaitait que je fasse des études et que je trouve un métier entre guillemets sérieux. Alors depuis quarante ans Jean-Christophe fréquentait PMU et hippodromes, apprenant par cœur les noms des chevaux, l'origine de leurs géniteurs, les courses qu'ils avaient gagnées ou perdues, les noms des écuries, entraîneurs et jockeys. En ce moment, il était en arrêt de travail pour un problème de santé. Il en profitait le matin pour revisionner sur Equidia les courses de la veille. Et ce fut là qu'il me parla de Bukowski. Et ce fut là qu'après ma stupide question, il écarquilla les yeux.

Il est inscrit dans quelle course ? Non, pas moi tout de même… Il est inscrit dans quelle course ? J'avais l'air érudit pourtant, je ne ressemblais pas à la majorité des gens qu'il croisait au PMU, des habitués qu'il prenait plaisir à fréquenter tous les jours, mais qui, pour sûr, n'avaient pas dû être très studieux à l'école, si tant est qu'ils l'aient fréquentée un jour. Comment moi j'avais pu lui poser cette question idiote ? Non, il me parlait de Charles Bukowski, l'écrivain décédé dans les années quatre-vingt-dix. Je ne connaissais pas ? C'était sans doute le plus grand poète hippique. Les courses étaient très présentes dans ses romans ou poèmes. Désolé, Jean-Christophe, c'est que je suis paumé avec tous ces noms bizarres, je me suis mis aux courses depuis peu et je croyais que tu me parlais d'un cheval. Cela dit, je t'excuse, me dit l'ancien débourreur, car il y en a effectivement un qui s'appelle Bukowski, engendré par Scipion du Goutier et Lina Speed, spécialisé en trot attelé. Sans doute son éleveur, Paul-André Geslin, a voulu lui rendre hommage. Jean-Christophe me raconta alors que Bukowski, l'auteur pas le cheval, s'était intéressé aux courses pour y faire fortune, qu'il avait réfléchi à des méthodes pour gagner, qu'il les avait d'ailleurs publiées en fascicules et qu'il ramassait pas mal de sous en les vendant à la sortie des hippodromes. Ah ouais ? Et on les trouvait encore de nos jours, ces fascicules ? Non, me répondit Jean-Christophe, et pourtant je peux te dire que j'ai cherché, je suis même allé traîner du côté des bouquinistes de la Seine, du temps où mon boulot me conduisait à Paris, rien, que tchi, ça devait valoir une petite fortune aujourd'hui un tel ouvrage, plus l'objet en tant que tel que ce qu'il y avait dedans, car avec une méthode pour gagner, même lui qui suivait les courses tous les jours, qui connaissait les ascendances, les descendances, qui pouvait me citer de mémoire les victoires de chaque canasson, eh bien, il n'arrivait pas à grand-chose. Jean-Christophe s'interrompit quand il vit que Madjid nous écoutait dans l'entrebâillement de la porte. Dis donc, Madjid, tu veux pas que je te prête un trou de serrure ? Comme ça tu verras mieux… Nos verres sont terminés, rentrons, Anatole. Tant mieux, car j'étais sur le point de faire une connerie. Moi aussi j'avais une méthode. Et j'avais failli le lui dire.

Ce fut juste après ma discussion avec Jean-Christophe que se produisit ma première crise. Nous avions recommandé un verre et poursuivi nos échanges quelques instants au comptoir, mais il me tardait de jouer. Ce à quoi ne voulait pas se risquer Jean-Christophe, qui ne la sentait pas la suivante, le terrain était trop lourd ce jour-là et Clairefontaine par terrain lourd ce n'était même pas la peine de miser le dentier de la grand-mère, surtout que Kadence d'Authie, annoncée comme la favorite de l'épreuve, détestait les terrains lourds, la jument s'était ramassée à Auteuil le 7 juillet, dans les mêmes conditions. Bref, Jean-Christophe avait ses timidités. Moi, ma méthode. Alors oui, j'ai donc subi ma première crise. Sans vouloir me défausser, vous en auriez été victime tout autant s'il vous était arrivé la même chose. Je vous explique. Troisième réunion à Clairefontaine, sixième course, comme d'habitude j'effectuai mes petits calculs, le Quatorze, Galion de Teinturier, et le Cinq, Sirene Gemmoise, étaient assurés de figurer dans les trois premiers, je me dirigeai vers la borne, Madjid, qui me précédait, avait misé lui aussi sur Clairefontaine, j'appuyai sur *Rejouer sur la même course*, je cochai donc le Quatorze et le Cinq, je misai vingt euros, dix sur chaque jument, et retournai dans la cour fumer une cigarette. Je revins ensuite en salle, assister à l'arrivée. Galion de Teinturier finit première, Sirene Gemmoise troisième, j'avais gagné sur tous les tableaux : le Quatorze gagnant me rapportait soixante-treize euros et le Cinq placé une trentaine supplémentaire. Une fois affiché sur Equidia le message *Arrivée officielle* (il faut toujours attendre quelques minutes pour que de *provisoire* cela passe à « officielle »), j'introduisis mon ticket gagnant dans la borne, et là, cette salope de borne de pute de sa mère m'annonça que impossible de modifier mon ticket, délai d'annulation dépassé. Hein ? Quoi ? Annulation ? J'éjectai mon ticket et j'eus alors la douloureuse surprise de constater qu'à cause de ce con de Madjid j'avais misé sur la septième course, et non sur la sixième. Cent euros de perdus. En plus, je ne pus même pas changer mon ticket alors que dans la suivante le Cinq, Garde Royale, drivé par Coralie Pacaut, était annoncé à cent vingt-trois contre un, autant dire qu'il n'avait aucune chance de gagner. Las, j'attendis quand même la septième course, puisqu'à mon corps défendant j'y avais engagé de l'argent. Devant les yeux ébahis d'Alex et Jean-Christophe à qui j'avais raconté ma mésaventure, le Cinq termina en trombe et coiffa tout le monde sur la ligne. Inimaginable ; mon coup du sort dans la précédente se transformait en une incroyable aubaine. Dix euros fois cent vingt-trois, ça faisait mille deux cent trente euros. Mille deux cent trente euros qui effaçaient de belle manière ma déception dans la sixième. Seulement voilà, au bout de dix minutes, les mots *Arrivée officielle* n'apparaissaient toujours pas à l'écran. Pire, le chiffre Cinq passa du blanc au jaune dans le cartouche des résultats, ce qui signifiait que les commissaires de la course revisionnaient la course et menaient l'enquête. « Gardez bien vos tickets, selon la formule consacrée », conseilla alors le commentateur d'Equidia. Il me fallut patienter encore quinze minutes pour connaître le résultat définitif : le Cinq était finalement éjecté du podium pour « allure irrégulière ». Ce fut donc à ce moment précis que se produisit ma première crise.

Avant Jacques Ricou, ce fut Madjid qui en pâtit. Il m'avait chambré ; cela lui avait coûté un coquard.

On nous avait séparés, Madjid voulant m'en coller une lui aussi. Et puis la rixe s'était arrêtée bien vite, car Alex et Jean-Christophe avaient pris ma défense. Jamais on devait se foutre de la gueule de quelqu'un qui venait de perdre des thunes. C'était une règle d'or dans le milieu turfiste (pas la première règle d'or, la première j'y viendrai tout à l'heure). Et ceux qui ne la respectaient pas, eh bien, c'était normal qu'ils se prennent un pain dans la gueule, tu l'avais bien cherché Madjid. Le Maghrébin s'excusa de m'avoir charrié et je fis de même pour mon coup de poing. De toute façon, t'as des bleus partout sur la gueule, sortit un Alex hilare, alors un de plus, un de moins, c'est pas grave. Je voulus offrir un verre à Madjid, non non c'était la sienne, et nous nous quittâmes bons amis. C'en était fini pour moi aujourd'hui en matière de paris et de sociabilité. J'allais rentrer à l'hôtel bouquiner un peu. Et me calmer. C'était la première fois de ma vie que j'avais assené un coup de poing à quelqu'un. Il fallait que je réfléchisse à ce que j'étais en train de devenir, car un type à cran qui se bastonnait dans les bars, cela ne me ressemblait pas. Monter sur ses grands chevaux c'est bien, mais uniquement si on est jockey.

La vie est parfois jalonnée de hasards heureux ; on les raconterait dans un livre, personne ne goberait. Eh bien, vous me croirez si vous voulez, mais dans la bibliothèque de l'hôtel Le Marina j'avais déniché un livre incroyable. Non pas les fascicules de Charles

Bukowski, car là vous me diriez eh oh Anatole, tu crois qu'on va avaler tout ce que tu nous racontes déjà que, mais un livre un peu du même registre. Dans les maisons de bord de mer, ces endroits fréquentés deux mois par an, souvent on rencontre, amoncelés sur la table basse du salon, un vieux *Paris Match* froissé qui narre avec faste le mariage de Nicolas Sarkozy et Carla Bruni, des cahiers de mots croisés où toujours les mots les plus évidents sont griffonnés et puis maintenant démerde-toi pour terminer la page, ou bien des livres à l'odeur suspecte qui n'ont pas été consultés depuis des lustres, des romans d'Agatha Christie ou des essais de Françoise Dolto, par exemple. La bibliothèque du Marina ne dérogeait pas à la règle, qui regorgeait d'ouvrages achetés sous Georges Pompidou ou, pour les plus récents, sous Valéry Giscard d'Estaing. Alors que mon regard se promenait sur les tranches de livres, mon doigt s'arrêta sur un titre qui ne pouvait que retenir mon attention : *Mon Tiercé*, par Léon Zitrone. Son auteur, coiffure impeccable et veste beige boutonnée sur une cravate striée de bleu, dressait trois doigts sur la photo de couverture insérée dans un fer à cheval au design douteux. Au verso du livre, un cheval me regardait d'un air bête. Je vous cite de mémoire ses propos, car je les ai lus et relus un paquet de fois. *Je m'appelle Petit Amoy F. J'ai été dans le coup de plusieurs tiercés, et je ferai encore mieux en 1967. Mais, m'avez-vous touché ? Peut-être pas, car vous autres, turfistes amateurs, vous jouez mal le Tiercé. À mon avis cependant, et vous le verrez dans ce livre, avant de faire votre jeu, il y a une manière rationnelle et logique d'étudier nos chances, qui vous permet de vous défendre beaucoup mieux.* Oh putain. Léon Zitrone, bien sûr je connaissais, mais davantage pour ses prestations télévisées dans l'émission « Intervilles » qui animait mes soirées d'enfant que pour son expertise hippique. J'allais le lire de ce pas. Et comparer sa méthode à la mienne.

En passant devant la réception pour rallier ma chambre, je demandai à Simone l'autorisation d'emprunter l'ouvrage. Bien sûr, il était là pour ça, elle me répondit. En revanche, vous en prendrez bien soin, car si vous regardez dans les premières pages, vous noterez qu'il est dédicacé. C'était à mon grand-père, grand amateur de chevaux et secrétaire-trésorier du club hippique de Pornichet. Léon Zitrone lui a signé quand il est venu commenter une course chez nous. J'ouvris le livre et, effectivement, à côté de la dédicace officielle *À mon propre Tiercé : Marie-Laurence, Béatrice, Philippe – 16, 15, 12 (en années),* s'en trouvait une autre, manuscrite, *Pour René, Merci pour votre accueil chaleureux. Grâce à vous, j'ai changé de point de vue quant au muscadet, que je défendrai désormais de haute lutte dans les discussions qui animent les plus grandes tables parisiennes. Avec toute mon amitié. Léon Zitrone.* Ma bouche enthousiasma un votre grand-père est secrétaire-trésorier du club hippique ? Mais c'est formidable ! Vous croyez que je pourrais lui demander des places pour l'hippodrome ? Simone tempéra mes ardeurs. Vous ne pourrez plus lui demander grand-chose : pépé est décédé il y a vingt ans. Cela dit, si ça vous intéresse, mon cousin germain est impliqué dans le club. Nous avons tous été plus ou moins bercés par les courses dans la famille à cause de pépé, mais Patrick est vraiment le seul à avoir pris le relais. C'est qui, Patrick ? Bah, mon cousin… Ah oui, pardon,

Simone. Patrick, reprit-elle, elle ne savait plus quelles fonctions précises il occupait au sein du club, mais elle pourrait se renseigner si ça m'intéressait. Bien sûr que ça m'intéressait, même que je n'étais jamais allé à l'hippodrome de ma vie. Simone se mit alors à fouiller dans un tiroir et en extraya… En extraya ? Non… En extrayit ? Non plus… Mais c'est quoi le passé simple du verbe extraire à la troisième personne du singulier ? Ça alors… Personne ne sait ? Quoi ? Extraire au passé simple, ça n'existe pas. Incroyable qu'aucun académicien chargé d'édicter les règles de conjugaison ne se soit jamais penché sur ce problème. Comment je fais, moi, pour vous expliquer que Simone extrayut (oui, je vais dire « extrayut ») de son tiroir un calendrier des courses à l'hippodrome de Pornichet ? Tant pis, de toute façon vous avez compris : j'avais de la chance, dans trois jours se tenait une réunion hippique et la deuxième course, c'était le prix Restaurant La P'tite Franquette, financé par le resto tenu par Germaine, Simone pourrait facilement m'avoir une place. C'était qui, Germaine ? Ma cousine. Ah oui… Merci, Simone, vous êtes formidable, je vous redescends le livre tout à l'heure. Oh prenez votre temps, je doute que quelqu'un d'autre dans l'établissement ait envie de le lire aujourd'hui. En tout cas, ça me fait plaisir… Qu'est-ce qui vous fait plaisir ? Que je lise un livre de votre grand-père ? Non, que vous oubliiez vos p'tits soucis. Vous voyez, vous allez déjà mieux. Ah oui, c'était vrai, mes p'tits soucis… Et puis, si je vous trouve des places pour vendredi, vous allez être obligé de rester plus longtemps chez moi… Je fis mine de ne pas remarquer son clin d'œil complice et filai dans ma chambre.

« Mes p'tits soucis », Simone avait raison, je les avais presque oubliés. J'étais quand même, en théorie, poursuivi par la pègre nantaise. Redouane et ses complices devaient l'avoir mauvaise. Quant à Franck, il avait dû sérieusement se faire remonter les bretelles. J'espérais au moins qu'on ne le rendait pas responsable de ma traîtrise, car au fond je l'appréciais ce type. Pourvu que Redouane ne lui ait pas coupé une phalange, ou tranché une oreille, on voit ça souvent dans les films sur les trafiquants de drogue. Peut-être devrais-je téléphoner à Redouane pour lui expliquer que le malheureux Franck n'avait rien à voir là-dedans, que c'était uniquement de mon fait et que dès que j'aurai gagné de l'argent avec ma méthode et ses quinze mille euros, eh bien, je lui enverrai un mandat postal pour le rembourser. Qu'est-ce qu'il est laid cet hippocampe. En tout cas, je ne devais pas trop traîner pour les écluser, mes différents tickets de Loto Sports, et que je quitte le coin assez vite. Le lendemain, j'irais à La Baule en refourguer quelques-uns. J'étais coincé jusqu'à vendredi avec mes histoires d'hippodrome, et après, *adios* la compagnie, je mettais les bouts. Je mettais les bouts certes, mais pour aller où ? Au moins ici, j'étais relativement tranquille. Brest peut-être ? C'était à trois cents kilomètres d'ici et j'y connaissais un Yannick. Bon, enfin, ne nous emballons pas pour vendredi, ce n'était pas encore sûr que Simone me dégote une place. Voilà à quoi je songeais en me savonnant les aisselles, quand on toqua à la porte. C'était Simone qui, malgré mes non non je suis tout nu, pénétra dans la chambre. Germaine m'a mis deux places pour vous. Vous pouvez même inviter quelqu'un. Je ne sus pas si elle me fit à nouveau un sourire complice ; il y avait de la buée sur la paroi de la douche.

Je lus assez vite *Mon Tiercé*. Non pas que le livre était inintéressant, mais je survolai beaucoup de pages. Les deux tiers ne me servaient à rien, qui étaient remplies de colonnes et tableaux analysant les mérites de Rubis IV, Quelveine à Riez, Quarina et autres Papyrus, des canassons ayant fait leurs preuves en 1966 et qui avaient terminé, il y a bien longtemps déjà, leur brillante carrière, découpés en steaks dans les boucheries chevalines de France et de Navarre, même si à Navarre il n'y a pas d'hippodrome, j'ai vérifié, c'est celui d'Évreux qui est surnommé « hippodrome de Navarre », allez donc savoir pourquoi. Je m'arrêtai cependant sur les anecdotes de celui que les Français désignaient par le sobriquet de « Big Léon ». En semaine, le type présentait le journal télévisé sur la seule chaîne qui existait à l'époque. Le samedi, il commentait les mariages des têtes couronnées. Et le dimanche, sa voix si particulière animait les courses hippiques, le déparrrt du prrrix d'Amérrrique va êtrrre donné dans quelques instants, l'éprrreuve rrreine du trrrotting mondial rrrassemble dix-huit concurrrents, douze Frrrançais et six étrrrangers, déjà cinquante mille spectateurrrs se prrressent dans les trrribunes arrrchi combles, les chevaux sont sous les orrrdrrres et le déparrrt est donné à l'autostarrrt, les ailes d'acier de la voiturrre se sont rrrepliées, les chevaux sont parrrtis, dans la plaine, de ce qu'on appelle le tourrrnant de Joinville, Elaine Rrrodney est toujourzzzzzzz en tête, Apex Hanoverrr pointe, crrrinièrrre au vent, à l'extérrrieurrr, et il se détache, il se détache peut-êtrrre un peu trrrop tôt, car l'on voit surrrgirrr, là, en trrroisième position, rrremontant surrr le Soviétique, Oscarrr RL, et aussitôt derrrièrrre Ozo, rrreconnaissable à ses bandages blancs, Ozo va dépasser Oscarrr RL et se détacher dans la ligne drrroite pourrr gagner ce prrrix d'Amérrrique. Je l'imite bien, vous ne trouvez pas ? Non ? Passons… Le Zitrone, on le voyait donc partout, on l'entendait tout le temps, ce qui fit dire au Général de Gaulle lui-même que la vedette de télévision était plus célèbre que lui. Les anecdotes du Gros Léon étaient assez drôles, car il ne pouvait pas faire un pas dans la rue sans qu'on lui demandât son pronostic pour la course du dimanche suivant, ce qui, inévitablement, provoquait nombre de situations cocasses. Enfin, je ne vais pas déflorer ici le contenu de ce livre. C'est publié aux éditions Solar, si ça vous intéresse. Non, ce que je peux juste vous dire, c'est qu'il m'a bien sapé le moral avec sa méthode. Pour lui, il n'y en a qu'une : posséder un classement, bien tenu à jour, de tous les chevaux qui courent. De mémoire, je vous cite à peu près ses propos. *Cela suppose un travail quotidien, fait au jour le jour, et qui consiste à classifier en permanence tous les pur-sang qui se produisent dans les hippodromes. Il faut deux heures quotidiennement, dimanches et fêtes compris. Il se court sept à huit courses à chaque réunion et le résultat de chacune d'elles doit s'insérer dans le tableau de classement.*

Il croyait que je n'avais que ça à faire, le Zitrone. Je préférais ma méthode. Elle était quand même moins chronophage. 21 h 53, je posai le livre sur la table de chevet et éteignis la lumière. C'était bien, il était tôt, et il fallait que je sois en forme pour mes marches du lendemain. Mes marches au pluriel, oui, car je comptais bien ne pas me contenter des bureaux de tabac de La Baule. J'allais essayer de pousser jusqu'au Pouliguen, la station balnéaire suivante, pour encaisser le plus de tickets possible. Évidemment, je dormis très mal. Les assertions de Léon Zitrone m'avaient travaillé, car au fond, je savais qu'il avait raison. À force de me tourneretretourneretreretourner dans le lit, je finis par arriver à la conclusion que si je complétais ma méthode avec la sienne, pour sûr que je disposerais d'une formule absolument implacable, même que je pourrais écrire un livre moi aussi, *Mon Quinté* par Anatole Bétancourt, et arrondir mes fins de mois avec les nombreux droits d'auteur que me rapporterait cet ouvrage qui se vendrait tellement comme des petits pains que mon éditeur procéderait, avec mon accord, à un retirage, et que j'irais le dédicacer dans tous les hippodromes de France et de Navarre, ah non c'est vrai il n'y a pas d'hippodrome à Navarre, c'est celui d'Évreuzzzzzz.

Bon, et ça ne m'enchante pas, parlons sexe. Non pas que ce soit dans mes habitudes de raconter mes prouesses à des inconnus, d'autant qu'il était impossible de qualifier de prouesse ce que je fis avec Simone, oui l'hôtelière, mais je me trouve dans l'obligation de narrer ce qui m'arriva ce matin-là, car cela permet de comprendre et justifier, justifier c'est surtout ça, ce qui se passa ensuite avec Jacques Ricou, Jacques Ricou l'ancien jockey, cinq fois Cravache d'or en obstacle. La Cravache d'or, qu'on ne se méprenne pas, n'est pas un titre honorifique que l'on décerne dans des clubs olé olé où les clients sont modestement déshabillés, mais une distinction qui récompense le jockey ayant obtenu le plus grand nombre de victoires en une année. On peut l'obtenir en plat ou en obstacle. On appelle « plat » les courses de galop dont le but est d'arriver le premier au poteau en galopant. On nomme « obstacle » la course dont le parcours est jalonné de haies, barrières ou autres bassins que les chevaux doivent franchir en tâchant de ne pas envoyer valdinguer le type juché sur leur dos. Ça leur arrive plus souvent qu'à leur tour, aux jockeys, de se retrouver le nez dans la boue ou, pire, dans une attelle. On distingue différentes courses d'obstacles : les haies, le cross-country et le steeple-chase. On appelle « steeple-chase » l'épreuve qui combine plus de quatre obstac… Ça se voit que je retarde le moment de parler cul ? D'accord, je l'avoue : j'ai été nul. Mais bon, ce n'était pas ma faute. J'avais mal dormi à cause de Big Léon. Et puis ça faisait hyper longtemps que je ne m'étais pas retrouvé au lit avec une femme. Ce matin-là, alors que j'étais dans les limbes de ce maudit sommeil que j'avais fini par trouver vers 5 heures je crois, on toqua. Et retoqua. C'était Simone qui, n'attendant pas mon approbation, ouvrit la porte et s'avança vers le lit un plateau à la main, surmonté d'une fleur, le plateau pas Simone même si elle en portait sur sa robe verte bariolée de chrysanthèmes, surmonté d'une fleur donc, et d'un croissant, et d'un café, et d'un jus d'orange, et d'un exemplaire de *Presse Océan*. Bonjour, Anatole, vous avez bien dormi ? Je n'eus pas le temps de répondre qu'elle déposa à la hâte le plateau sur le bureau et se jeta sur moi. Il faut dire que j'avais sué durant cette nuit agitée de cauchemars zitronesques et que le drap, largement évasé, laissait apparaître mes membres dévêtus, à commencer par mon zizi. Oh, Anatole, vous me rendez folle. Depuis que vous êtes arrivé au Marina, je ne pense plus qu'à vous. Prenez-moi. Oh oui, prends-moi, Anatole. Je tentai d'extraire de la sienne ma bouche qu'elle attrapait goulûment entre deux suppliques, impossible, on ne le distinguait pas derrière son comptoir, mais elle était sacrément charpentée l'hôtelière. Bref, je passai à la casserole, même si en l'occurrence il était déconseillé de saisir une casserole remplie d'eau bouillante avec un manche comme le mien. J'ai bandé mou.

C'était malin, mon café avait refroidi. Simone avait fini par réaliser qu'elle n'aurait pas grand-chose à tirer de moi et m'avait laissé. Mais, dans son extrême bienveillance, elle avait voulu conjurer mon embarras de mâle en point en justifiant son départ précipité par la longue liste de tout ce qu'elle avait prévu pour ce matin, l'inspection des chambres, les repas à préparer et donc les commissions, ah tiens on était mardi, c'était le jour des huîtres, près de la poste un camelot en vendait des super bonnes en provenance de Guérande, d'ailleurs est-ce que j'aimais ça les huîtres, car elle allait m'en prendre une p'tite douzaine, et puis franchement, Anatole, ce n'était pas grave, ça arrivait à tout le monde des pépins mécaniques, en plus j'étais en pleine séparation et, bien sûr, bah, ça devait jouer sur le psychique, de toute façon maintenant que j'allais rester un peu plus au Marina, on aurait l'occasion de remettre ça. Qu'est-ce que je détestais ses clins d'œil en coin. Bref, une fois l'hôtelière sortie, je goûtai de mauvaise grâce le café tiédasse et tournai d'un œil distrait les pages de *Presse Océan*, non vraiment, imbuvable ce café. Pleine d'attentions, Simone avait pris garde de m'acheter l'édition nantaise de *PO*, elle disait *PO,* et non celle de Saint-Nazaire, certaines pages différant selon les villes. Elle était sympa cette femme, malgré tout. Page deux, l'entraîneur du Football Club de Nantes était menacé de limogeage après la énième contre-performance de son équipe contre Guingamp. La nouvelle qui courait sur deux pages, au contraire des footballeurs nantais dont le manque d'entrain sur le terrain était récriminé par le journaliste sportif, était d'importance et servait d'attaque pour l'édition du jour, au moins quelque chose qui servait d'attaque, le supposé buteur canari Kalifa Coulibaly n'ayant pas fait trembler les filets depuis treize matchs. Page quatre, trois pistes cyclables supplémentaires étaient en préparation cour des Cinquante-Otages. J'en connaissais un qui allait encore gueuler. Page cinq, l'adjoint au maire en charge du personnel, de la responsabilité sociale interne et des relations aux usagers songeait à ne pas effectuer de mandat supplémentaire, ça la retraite, c'était quelque chose bah, vous ne pouviez pas aller contre. Page six, quoi ? Page six, incroyable… Nantes, deux points, arrestation d'un gang après une violente agression quai Malakoff. Mais quai Malakoff, c'était chez moi, ça… En page six du quotidien ligérien, s'étalait en effet sur quatre colonnes l'histoire sordide de trois types qui s'étaient introduits dans un immeuble, armés de tenailles et autres couteaux. Les *malfrats* (*malfrats*, ça faisait longtemps que je n'avais pas lu ce terme) avaient d'abord forcé la porte d'un appartement du troisième, l'avaient *proprement saccagé* (je ne sais pas si l'auteur de l'article, Stéphane Pajot, avait volontairement usé de cet oxymore, en tout cas il était pas mal), puis étaient descendus à l'étage du dessous pour torturer un quinquagénaire. Gilbert H., c'était le nom du malheureux. Alertée par le tapage, une voisine avait téléphoné au commissariat. Des officiers de la BAC, qui effectuaient justement une ronde dans le quartier, furent dépêchés sur place. Ils tombèrent ainsi nez à nez avec les trois malfaiteurs, enfin pas tout à fait nez à nez, car ceux-ci portaient des foulards pour masquer leur visage. Clefs de bras, menottes, on avait embarqué tout ce joli monde dans le *panier à salade* (*panier à salade*, je ne sais pas si je me serais autorisé cette expression dans un quotidien local, enfin passons), et on avait retrouvé Gilbert H. baignant dans son sang, mais fort heureusement encore en vie. Les trois malfrats (ah il l'aimait bien ce mot, Stéphane Pajot) avaient cuisiné le quinquagénaire coagulé de partout au sujet de son voisin du dessus qui s'était volatilisé durant le week-end. *Selon les premiers éléments de l'enquête*, la police avait conclu qu'il s'agissait d'un nouvel épisode, dramatique, certes, mais malheureusement si coutumier dans ce quartier, de la guerre des drogues blablabla. Putain, c'était la meilleure nouvelle de la journée, ça. Pas besoin de s'appeler Columbo pour deviner dès la première ligne de l'article qu'il s'agissait de Franck, Redouane et leur complice. Mes poursuivants étaient donc sous les verrous. Qui c'est qu'était pépouze désormais ? Bibi !

Bon, il me restait quand même quelqu'un à fuir : Simone. La p'tite clef, elle avait dit la p'tite clef. Je ne comprenais pas pourquoi la porte de derrière, le fameux passage sur la droite du bâtiment si je rentrais tard, ne daignait s'ouvrir. Depuis mon arrivée à Sainte-Marguerite, je n'avais pas encore eu l'occasion de regagner l'hôtel après 22 heures et ne l'avais donc jamais testée cette maudite porte qui putain mais pourquoi ça bloquait comme ça, fait chier quoi, pas du tout envie de repasser devant le comptoir de la réception pour sortir. Une fois dehors (c'était tout simple, il fallait juste tourner deux fois la clef sur le côté droit et balancer, en même temps, un grand coup de pompe dans le bas de la porte), je filai vers le chemin côtier, direction Pornichet, puis La Baule, puis Le Pouliguen. Toujours ces maisons, ces volets fermés, là c'était sur ma droite, et puis la mer, là c'était sur ma gauche, qui refoulait ses déchets en même temps qu'une bizarre odeur de céleri. Je marchai vite, comme si inconsciemment j'étais encore poursuivi par Redouane et Franck alors que ces cons, vraiment j'étais verni, étaient désormais en cabane. Oui, vraiment j'étais verni, même si, des p'tits soucis, il m'en restait quand même… À commencer par mon appartement. Comme il était proprement saccagé, la police allait à coup sûr rechercher son locataire. Ce n'était pas normal qu'un type se carapate comme ça et soit pourchassé par trois malfrats. Le locataire devait en être un lui aussi, de truand (perso, je préfère *truand* à *malfrat*). Et mon identité, ils la connaissaient puisqu'elle figurait sur la boîte aux lettres du couloir d'entrée. Heureusement mon écriture était illisible ; le temps qu'ils la déchiffrent, j'avais du répit pour fuir aux Galapagos. C'est le facteur, que j'avais croisé une fois dans le couloir, qui me l'avait reproché, vraiment, monsieur Bétancourt, faudrait changer votre étiquette sur la boîte aux lettres, là vous avez de la chance, c'est moi qui répartis le courrier et je connais votre emplacement, mais vous savez l'été on embauche des jeunes vacataires et je peux vous assurer que tout le monde n'est pas Champollion, et puis remettez un bout de Scotch, elle est à deux doigts de tomber votre étiquette. Agité par ces pensées, je gagnai Pornichet en moins de vingt-cinq minutes. Bon, où est-ce qu'ils étaient les bureaux de tabac ? Et où est-ce que... J'insérai une main fébrile dans ma poche. Et où est-ce qu'ils étaient mes putains de tick... mais quel idiot. En prévision de tous les kilomètres que je devais effectuer, j'avais remis le short que je portais dimanche et, dans ma hâte de décamper du Marina, j'avais oublié de retirer mon portefeuille du pantalon.

Pas de portefeuille, donc pas de tickets gagnants de Loto Sports et pas d'argent liquide, je ne pouvais donc même pas boire un café à Pornichet histoire de rentabiliser ma marche. Prendre un verre dans un bar autre que La Caravelle aurait en effet adouci mon aigreur. Je révisai tout de même mes poches arrière, pour vérifier que ne traînait pas une pièce de deux euros, et j'eus alors l'agréable surprise de retomber sur un ticket de PMU tout froissé. S'il était là, dans la poche arrière gauche de mon short, c'était sans doute qu'il ne devait pas valoir grand-chose, mais on ne savait jamais, et moi le premier. Je me mis en quête d'un PMU et croisai rapidement la route du Ralli, juste derrière la place du marché. L'avantage des PMU, c'est qu'on ne peut pas les rater ; leur devanture est décorée de vert et de rouge. Et Le Ralli ne dérogeait pas à la règle, qui protégeait du soleil sa terrasse avec des stores bannes rouges et recouvrait sa vitrine de bandes autocollantes vertes. J'entrai, bonjour, enfilai mon ticket dans l'une des deux bornes, et attendis le verdict. Le verdi… Hein ? Neuf cents euros ? Comment ça, j'avais un ticket à neuf cents balles dans ma poche ? Sur quelle course avais-je pu gagner une somme pareille ? Qu'est-ce qu'il y avait de marqué sur le ticket ? Multi en Quatre… Mais jamais je ne jouais au Multi en Quatre, moi. Mon truc, c'était le Simple Gagnant-Placé. Merde : Alex. Je m'assis en terrasse, une bière s'il vous plaît, et me mis à réfléchir sur le devenir de ce ticket. Avec, comme dans *Tintin*, deux petites bulles au-dessus de ma tête. Vous ne voyez pas ? Mais si, quand Milou se trouve face à un cruel dilemme. Le chien, il a devant lui un os, un os magnifique, il a l'air génial ce gros nonos, et le sceptre d'Ottokar, beurk, ça doit être dégueulasse un sceptre d'Ottokar. Je ramène le sceptre à mon maître et je suis un bon petit toutou ? Ou je me bâfre l'os tranquille sans rien dire à personne ? Bon bah moi, c'était pas un sceptre d'Ottokar, mais un Multi en Quatre.

Dans *Mon Tiercé* de Léon Zitrone, il y avait quand même une précieuse information à conserver pour l'écriture de *Mon Quinté* d'Anatole Bétancourt : le coup des longueurs et du poids. Sans entrer dans une anagogie trop complexe de la bible de Big Léon, je peux juste vous dire que l'apôtre du Tiercé la tenait pour une notion de base, « pierre édifice » même de toutes les grilles qu'il remplissait : un kilogramme de poids égale une longueur de cheval. Il s'explique, en prenant deux chevaux de valeur égale, Imperator et Minouchet, qui portent le même poids de cinquante-six kilos. Forcément, ils terminent ensemble sur la ligne puisqu'ils sont aussi bons l'un que l'autre. Huit jours après, Zitrone place cinquante-sept kilos sur

Imperator (en mettant une selle plus lourde par exemple), conserve Minouchet à cinquante-six kilos et les met à courir dans le même hippodrome, avec les mêmes jockeys et sur la même distance. Eh bien, selon Big Léon, Imperator finit à tous les coups à une longueur derrière sur la ligne d'arrivée. Et c'est donc cela qui nécessite deux heures de boulot quotidien. En théorie, si on veut effectuer correctement son travail de turfiste, on doit consigner toutes les variations de poids sur un cahier, en croisant cette information avec les victoires des uns et des autres. Bref, je n'aurais pas le temps ce matin, mais j'allais quand même me servir de ce tuyau pour effectuer quelques paris. Oui, tant pis pour Alex, le sceptre d'Ottokar et tout ça, j'expérimenterais cette technique au Ralli, monsieur, auriez-vous la gentillesse de me resservir une bière s'il vous plaît ? De toute façon, je ne pouvais pas lui rendre son ticket à Alex. Lui et tous les autres clients du PMU m'auraient traité de voleur, alors que je vous jure, oui, vous commencez à me connaître maintenant, que jamais je n'aurais subtilisé sciemment un ticket gagnant qui ne m'appartenait pas. Quoi ? J'ai dit une connerie ? Je vous assure, j'ai rembobiné le film de mon dimanche à La Caravelle et ce Multi en Quatre, eh bien, j'avais dû le ramasser par terre. Parfois ça arrivait que des tickets traînent au sol et il fallait toujours les vérifier m'avait expliqué Wassim qui, très souvent d'ailleurs, fouillait dans les poubelles des PMU en fin d'après-midi. Les poubelles des PMU, ça dégueule de papier, c'est un vrai spectacle. Les tenanciers ont beau les vider régulièrement, toujours elles se remplissent. Comme une corne d'abondance, quoi. Mais inversée.

Il m'avait fallu moins de vingt-cinq minutes pour rallier Pornichet au départ de Sainte-Marguerite. Il me fallut plus de vingt-cinq heures pour exécuter le chemin inverse. Bourré comme un coing, j'avais dû dévaler une dune contre mon gré, je ne me souvenais plus trop, et m'étais réveillé vers 10 heures le lendemain affalé sur la plage. Il faut dire qu'on n'y voyait rien sur le chemin côtier. Sans l'épisode Jacques Ricou, je serais peut-être resté plus longtemps dans le village et j'aurais écrit à la mairie, car ce n'était pas normal que le chemin ne fût pas éclairé par quelques lampadaires, c'était des coups à se faire violer en plus, et une fois dans la journée ça suffisait. Ah cette journée, parlons-en justement… Cette journée, que je pourrais presque qualifier comme l'une des plus belles de ma vie (si ce n'était l'épisode du petit déjeuner que j'avais sauté, au contraire de Simone), je l'avais passée au Ralli. Comme à La Caravelle, il y avait dans ce PMU une tablette tactile fixée au mur, avec toutes les caractéristiques de chaque course, et notamment celles qui concernaient les poids portés par les chevaux. J'avais testé la méthode de Léon Zitrone et misé en majorité sur les chevaux les plus légers, en comparant leurs cinq dernières courses, car sur la tablette était en effet donné un récapitulatif des derniers classements. J'avais passé mon temps à gagner et, en prime, à fêter chacune de mes lucratives victoires en reprenant un verre, Thierry, tu me ressers une pression et puis remets un verre à Patrick aussi, tu veux quoi, Patrick, et Jean-Claude, tu veux quelque chose aussi, si si c'est ma tournée, je viens de gagner deux cents balles sur Valzer di Poggio dans la quatrième. Je m'étais fait plein de copains. C'était sympa les copains de PMU. En général, on se marrait bien. Enfin surtout quand on gagnait. En révisant mes poches sur la plage, tandis que les vifs rayons du soleil affleuraient le flanc droit de mon visage, je ressortis une liasse de billets. J'en avais pour près de trois mille euros. Je me relevai avec peine et rejoignis le chemin côtier. À vue de nez, sur lequel était plaquée une bonne couche de sable, j'étais à cinq cents mètres de Sainte-Marguerite. Je décidai d'aller boire un café à La Caravelle pour me remettre les idées en place. C'était sans doute un peu risqué, car je m'exposais à y croiser Alex et, face à lui, parviendrais-je à ne rien laisser transparaître de mon larcin ? Mais le raisonnement inverse était tout aussi valable : si je ne revenais plus à La Caravelle, cela engendrerait de la suspicion. Ce ne serait-y pas le « Nantais », ce type dont on ignorait tout, qu'aurait piqué le Multi à Alex ? Bon, de toute façon, je n'avais pas le choix : il n'y avait qu'un seul endroit où boire un café à Sainte-Marguerite et je ne pouvais pas me présenter de la sorte devant Simone. Donc Caravelle, et je ferais profil bas sur mes gains au Ralli.

Cela n'avait pas raté : Simone me cherchait. Madjid, qui ce matin-là portait des lunettes vertes et un tee-shirt *Life is good* de la même couleur, m'interrogea sitôt mon arrivée à La Caravelle : t'as une touche avec la patronne du Marina ou quoi ? Il était drôle, Madjid, avec ces tenues. Chaque fois, il se présentait au PMU avec des binocles de couleurs différentes qu'il assortissait à ses vêtements du jour. La première fois, il avait donné dans le jaune fluo, la deuxième dans le rouge. Et aujourd'hui, c'était vert. J'esquivai sa question : tu m'en veux pas pour notre embrouille de lundi soir ? Mais non, pas du tout, Alex avait raison, c'était de ma faute, j'aurais pété un câble s'il m'était arrivé la même chose qu'à toi, bon alors, Simone, tu l'as serrée ? Elles sont bien tes lunettes, esquivai-je, tu en changes tous les jours ? Il réattaqua. Oui, tous les jours, j'aime bien, même qu'avant qu'ils nous mettent tous les paquets de clopes en noir, j'achetais des menthol les jours où je mettais des lunettes vertes, et des Craven A pour les jours en rouge, mais toi, change pas de sujet : tu l'as serrée ? Je cafouillai un poupourquoi. Bah, parce qu'elle est passée tout à l'heure. Elle qui d'habitude vient juste acheter ses mots croisés, elle est restée plus d'une heure dans la cour intérieure, sirotant un Coca et feignant de remplir ses grilles. J'ai bien vu qu'elle s'en foutait de ses mots croisés. Elle relevait la tête tout le temps en direction de la pièce des turfistes. Et en quoi ça me concerne ? répliquai-je. Bah, parce qu'elle a posé plein de questions sur toi. Si t'étais venu hier… Et à quelle heure… Si on t'avait vu téléphoner à ta femme… D'ailleurs t'as pas de téléphone, toi ? En trois jours, je t'ai jamais vu avec. Non, répondis-je. Alors, t'as couché avec elle ou quoi ? Non non, rerépondis-je. Et Madjid de reprendre, avec un sourire en coin qui me déplut, en tout cas, elle doit être morte de faim. Son mari, avec qui elle tenait le Marina, l'a quittée y a deux ans pour une saisonnière qu'ils avaient employée pour s'occuper des chambres, une Guadeloupéenne, t'aurais vu mon pote, avec des seins ça comme, un avion de chasse de chez Air Caraïbes. Le Frédo, il a tout laissé en plan, même les travaux qu'il avait commencés sur la mezzanine, et il s'est tiré avec elle. Bref, bientôt deux ans qu'elle ne s'est rien mis sous la dent, la Simone. Qu'est-ce que t'en sais, Madjid ? Ici, tout se sait, me certifia le Maghrébin. C'est un tout petit village. Tu bouges un doigt avenue Villès-Babin, on sait que tu te grattes le nez avenue des Cupressus. Tu peux me dire, allez, si t'as couché avec elle… Alors, elle est comment au lit ? Stop, Madjid. Patricia, combien je vous dois pour le café ?

La honte, on n'en meurt pas. Mais on n'en vit pas non plus. Je supportais assez mal l'idée que les collègues de La Caravelle fussent informés de l'affection naissante que me portait Simone. Face à Madjid, je n'avais pas assumé que l'hôtelière se fût jetée sur moi, et encore moins que j'avais failli au lit. Il était temps de quitter Sainte-Marguerite. D'ailleurs, on était quel jour ? Sur le chemin qui me ramenait à l'hôtel, je rassemblai mes esprits embrumés par les résidus d'alcool de la veille et tâchai de faire le point. Alors dimanche, j'étais parti de Nantes… Lundi, je m'étais battu à La Caravelle… Mardi, j'avais eu la bonne nouvelle concernant Redouane, puis touché le gros lot au Ralli avec le ticket d'Alex… Nous étions donc mercredi. Et l'hippodrome, c'était vendredi. S'il n'y avait pas eu cette perspective, j'aurais filé sans demander mon reste. En attendant, j'allais me terrer bien tranquille dans ma chambre pour que tout le monde m'oublie, hôtelière comprise. Arrivé à hauteur de l'établissement, j'empruntai le passage sur la droite, ôtai mes chaussures pour éviter le bruit sur le gravier, marchai à pas feutrés dans le aïe ça pique les cailloux, donnai deux tours de clef (et un coup de pied), frôlai les murs du couloir qui menait à la chambre et pénétrai dans la trois cent treize, sauvé. Je sortis le seau de sa cachette, m'avachis sur le lit et me mis à jeter dans le récipient rose les billets de banque du Ralli. Un peu comme on compterait les moutons pour dormir. Cent euros, deux cents euros, trois cents euzzzzzz. Ce fut le téléphone de la chambre qui me réveilla, vers 16 heures. C'était marrant, j'avais eu le pressentiment qu'il sonnerait, cet idiot. J'avais même songé, avant de tomber dans les bras de Muflée, à le décrocher de la prise. Et puis bah, voilà : allô. Oui oui j'étais là. Oui oui tout allait bien. Non non pas la peine. Si si je vous jure. Bref, impossible d'éviter ce que je redoutais : Simone allait monter.

Je rassemblai à la hâte les quelques billets qui traînaient de-ci de-là sur le lit et reposai le seau dans sa cachette, derrière le coussin. Je fonçai ensuite dans la salle de bains me laver dents, visage et aisselles. Voilà, j'étais prêt à affronter Simone, qui ne tarda pas à frapper, la porte et les esprits. Je dis les esprits au pluriel, mais je parle du mien au singulier, car l'hôtelière, vêtue d'une robe noire échancrée qui ne recouvrait pas beaucoup de seins, ni beaucoup de cuisses, était venue m'annoncer une « bonne nouvelle » : le dernier client autre que moi étant parti ce matin, nous étions seuls dans l'établissement, c'était pas chouette ça, non ? Euh si, c'était chouette ça oui… J'évitais toute allusion à sa visite à La Caravelle et, de son côté, elle ne me posait aucune question sur mon expédition pornichétine. Or je sentais bien, alors qu'elle commençait à m'enlacer et que je la repoussais maladroitement, qu'elle avait quelque chose derrière la tête, et pas que la pince en plastique qui fixait ses cheveux. Simone dégagea ses bras et se pencha vers le bord du lit. Tiens, tu as perdu ça. C'était, merde, un billet de deux cents.

Tu sais, je suis au courant pour tes p'tits trafics. Là, ce n'étaient plus mes « p'tits soucis », mais mes « p'tits trafics » ; la partie était perdue. En nettoyant la chambre, elle avait découvert le pot aux roses, enfin le seau rose, avec les tickets et les billets dedans, elle ne souhaitait pas en connaître davantage sur la provenance de cet argent, et je savais, Anatole, elle pouvait être très gentille, même qu'elle pouvait rester muette comme une carpe si jamais moi aussi j'étais gentil avec elle, et puis laisse-toi aller un peu, tu vas voir, ça va être mieux qu'hier. La suite, je ne vous la raconte pas, mais c'est vrai que c'était mieux. Enfin, j'avais assuré, quoi.

Ce fut elle-même qui, à ma grande surprise, s'alluma une cigarette. Ah cool, m'enthousiasmai-je, je peux fumer ? J'ai toujours rêvé de fumer une cigarette à l'hôtel, mais on n'a jamais le droit. Bien sûr, vas-y. Tu peux juste aller chercher un gobelet dans la salle de bains, s'il te plaît ? Je m'exécutai de ce pas, trop content de pouvoir m'en griller une. En parlant de salle de bains, lui dis-je en rapportant le cendrier de fortune, j'ai une question à te poser : qui a installé cette frise dans la douche ? Son visage se crispa direct. C'est l'autre salope, tu trouves ça moche, toi aussi ? J'opinai, mais que de la tête cette fois. Simone n'avait pas trop envie d'en parler, mais elle m'en parla quand même, de cette pute de Naïma, une saisonnière qu'elle avait recrutée deux ans plus tôt, oui, c'était elle qui avait fait la connerie de l'embaucher, ce jour-là il aurait mieux valu qu'elle se coupe une jambe, une Guadeloupéenne qui trémoussait son gros cul partout et de préférence sous le nez de son ancien mari, ah elle lui avait fait la totale au

Frédo, elle l'avait rendu dingue, au point qu'il lui passait tous ses caprices, et les frises notamment, c'était elle, Naïma lui avait dit qu'elle avait un côté artiste, côté artiste mon cul, une danseuse de revue oui, surtout, et que ce côté artiste elle ne pouvait pas l'exploiter juste avec le ménage, et le Frédo il avait laissé retapisser toutes les douches du Marina avec ses hippocampes à la con, mais bon, maintenant c'était oublié, et puis j'étais là moi, et puis ah bon, là ça te chatouille ? et là, ça te va ? J'arrête. Je peux juste vous avouer que, pour un lendemain de cuite, j'étais quand même pas mal en forme.

Simone avait fini par me laisser. Elle avait un dîner chez une copine à La Baule, elle aurait bien décalé son rendez-vous, mais c'était prévu de longue date et sa copine déménageait bientôt à Quimper, après elles se verraient moins, et puis je comprenais c'était une fille qui l'avait beaucoup soutenue il y a deux ans quand Frédo s'était tiré avec l'autre greluche. Oui oui, je comprenais (et ça m'arrangeait bien, je rêvais d'un peu de repos). Enfin si je voulais il y avait plein de trucs au frigo, de toute façon elle ne fermerait pas la porte de la cuisine à clef vu qu'il n'y avait plus que nous deux dans l'hôtel, et puis peut-être qu'elle passerait me souhaiter bonne nuit à son retour si je souhaitais. À vrai dire, Simone, je ne souhaitais pas trop, car le lendemain je devais me lever aux aurores. Ah oui, rapport à tes p'tits trafics, fit-elle en posant un doigt sur sa bouche, t'inquiète, je ne dirai rien, bonne soirée, mon bel étalon. Elle referma la porte, en n'oubliant pas de m'adresser ce fameux clin d'œil qui tournait marque de fabrique. Ouf, un peu de calme. Je me remis au lit et saisis la télécommande du téléviseur. Je n'avais pas l'habitude de regarder la une, la deux, la douze, la vingt-trois, dingue le nombre de chaînes. Je m'arrêtai sur un vieil Hitchcock que j'avais déjà vu : *Psychose*, avec l'angoissant Anthony Perkins. Mais je n'arrivais pas vraiment à suivre le fil de l'histoire. Mes pensées se bousculaient. J'étais seul dans un hôtel avec une femme, cette femme savait que je trempais dans des affaires louches, j'avais la police aux fesses, et cette femme aussi. Je finis par trouver le sommeil, mais me réveillai vers minuit, en sueur. Le lit était trempé. Je résolus de prendre une douche. C'était vrai qu'elle était moche cette frise, quelle faute de goût. J'en étais au lavage de pieds, pas la partie la plus aisée dans un petit espace quand on mesure un mètre quatre-vingt-cinq, lorsque j'entendis un bruit. Oui, un bruit. Comme quelqu'un qui cognait à intervalles réguliers contre les murs. J'arrêtai l'eau. Merde, j'étais seul dans cet hôtel, j'espérais que ce n'était pas un cambrioleur, en plus j'étais à poil. Le bruit cessa. Je frottai mes pieds avec du savon et refis couler l'eau. Ça devait être la canalisation, après tout on était dans un vieil hôtel dont la rénovation avait cessé net il y a deux ans, et puis j'entendis un autre bruit, un bruit qui se rapprochait, et là je commençai vraiment à baliser sévère, en plus je venais de voir un film hyper flippant, manquerait plus que ça m'arrive à moi aussi, un tueur maniaque qui déboule avec un couteau. Eh bien, manquerait plus : comme la buée m'empêchait de voir hors de la douche, j'entrouvris légèrement la porte et aaaaaahhhhhh je me trouvai face à Simone aaaaaahhhhhh avec un couteau à huîtres aaaaaahhhhhh se jeter sur moi aaaaaahhhhhh. Pousse-toi, Anatole ! Allez, dégage ! Je vais me la faire cette salope. Je sortis comme je pus de la douche et regardai Simone déchiqueter avec force d'abord l'hippocampe, tactactactac, puis le gros poisson noir, tactactactac, puis les algues, tactactactac. Une fois le pilonnage effectué, elle se laissa choir. Simone était en pleurs. Elle était désolée. Elle avait bu une bouteille de whisky presque à elle toute seule. Ça l'avait remuée notre discussion de tout à l'heure au sujet de Naïma et puis elle s'était épanchée auprès de sa copine et puis elle s'était soûlée et puis elle était vraiment désolée pour tout ça, Anatole. Je la déshabillai, la séchai et la conduisis vers le lit. Si tu veux, Simone, tu peux dormir avec moi ce soir. Oh t'es gentil.

Je ne m'étendrai pas longtemps sur cette dernière journée de paix et de tranquillité que fut le jeudi 3 septembre, je vois que l'heure tourne. Je peux juste vous dire que je la passai avec l'hôtelière, qui ferma son établissement pour m'amener, en voiture Simone, sillonner La Baule, Le Croisic et Le Pouliguen à la recherche de bureaux de tabac où encaisser mes tickets gagnants. Au réveil, elle m'avait en effet assailli de questions, tu me jures que tu ne donnes pas dans le trafic de drogue au moins, et j'avais été contraint de la mettre dans la confidence. Je lui narrai le PMU, ma passion dévorante pour le jeu, mes dettes, la combine de Redouane et Franck, le but du défenseur dijonnais Bruno Ecuele-Manga que j'avais entendu à la radio, mon exil précipité avec tout cet argent en poche, mais qui pour l'instant n'était que virtuel, mon appartement cambriolé, mes poursuivants arrêtés. Simone m'assura en retour qu'elle ne dirait rien à personne et que, quitte à être dans la confidence, elle préférait autant être complice de mes méfaits. En plus, ça avait un p'tit côté Bonnie and Clyde notre escapade sur la côte, c'était follement excitant. Et puis ça ne lui arrivait jamais de fermer en pleine semaine comme ça, elle pouvait bien se l'autoriser de temps en temps, depuis deux ans elle avait tenté d'éviter que le Marina ne coule, avec elle toute seule à la barre, elle prenait rarement des p'tits moments pour elle, alors une journée en goguette ça ne pouvait pas lui faire de mal, et puis tu verras, Le Pouliguen c'était très joli. En échange du service qu'elle me rendait, je lui promis qu'avec le Nîmes-Marseille, qui valait au bas mot sept cents euros, on se taperait un bon plateau de fruits de mer. Ce que nous fîmes au restaurant L'Opéra de la mer, avec un menu en trois actes : huîtres, langoustines et poêlée de saint-jacques. À 17 heures, la mission était pliée. Tous les tickets étaient transformés en billets qui sonnaient et trébuchaient dans mes poches. Seul restait le PSG-Dijon qui représentait une trop grosse somme pour être échangé dans un simple bureau de tabac. Simone me proposa de l'encaisser par virement sur son compte bancaire, c'était comme ça qu'un buraliste croisicais de sa connaissance lui avait dit de procéder. Après tout, je l'avais embarquée dans cette histoire. Que risquais-je à accepter ?

Avant de rentrer au Marina, nous fîmes une halte au Ralli, où ma venue l'avant-veille avait, semblait-il, marqué les esprits locaux. Ce n'était pas mon idée. Je me serais bien abstenu de repointer mon nez dans ce bar qui fut deux jours plus tôt le théâtre de mes exploits avinés. Mais ce que m'avait proposé Simone au retour de nos pérégrinations buralistiques, et l'idée avait étouffé mes réticences, c'était de préparer nos papiers pour l'hippodrome (elle disait « papiers », comme son grand-père). Il valait mieux valider les tickets en amont, car il y aurait probablement de longues files d'attente aux caisses, m'expliqua l'hôtelière, en connaisseuse, en tout cas c'était comme ça lorsqu'elle accompagnait son grand-père, enfin cela remontait à… À bien longtemps, dit-elle en marquant un temps d'arrêt. D'ailleurs, je ne m'étais même pas posé la question, elle avait quel âge, Simone ? J'étais bien incapable de lui en donner un. Sans aucun doute elle était plus vieille que moi, mais de combien, je l'ignorais, et je ne m'aventurai pas à le lui demander, elle était déjà assez à fleur de peau comme ça. En plus, conclut-elle pour achever de me convaincre, je serais très occupé à découvrir le paddock, l'endroit où les chevaux sont présentés avec leur jockey avant chaque course, j'allais voir, c'était génial, on pourrait même prendre un verre à la guérite qui se trouvait au milieu des écuries, donc autant avoir tout bardé avant. Sur ce point, Simone avait sans doute raison, mais pourquoi le Ralli ? Bah, parce qu'elle préférait que nous allions dans un endroit neutre plutôt qu'à La Caravelle où elle était connue comme la louve blanche. Neutre pour elle certes, mais pas pour moi. Sitôt franchie la porte du bar PMU, je reçus une tape sur l'épaule, comment qu'y va, Totole ? Totole. Totole, sans déconner. Et dire que j'avais dû me laisser appeler de la sorte deux jours plus tôt et que je n'en conservais aucun souvenir. C'est qu'il nous ferait son timide, me tança le type dont le visage m'était vaguement familier, monsieur est accompagné alors il ne reconnaît plus ses vieux potos. Un autre client s'approcha de nous et passa la main dans les cheveux de Simone. Dis donc, Omar Sharif, tu nous présentes pas à madame ? Mon sang ne fit qu'un tour. Enfin, je suis nul en anatomie, mais à mon avis mon sang fit bien plus de tours que ça. Bon, les gars, ça suffit, lançai-je tout en saisissant fermement le bras de l'importun. J'ai peut-être un peu trop bu l'autre jour, mais ce n'est pas une raison pour emmerder mon amie. Maintenant, vous retournez à vos affaires et vous nous foutez la paix. Oh… O.K., O.K., ça joue au mariole toute une journée et ensuite ça nous snobe, allez viens, Jean-Claude, laissons monsieur à ses affaires. Je commandai deux bières au patron et nous nous assîmes à une table éloignée du comptoir. Bon alors, tu es sûre que tu veux que je te montre comment je procède pour jouer ? Tu sais, j'ai une méthode bien particulière. Simone ne m'écoutait pas. Je dirais même qu'elle me regardait bêtement. Tu vas voir, poursuivis-je, ici il y a une tablette tactile avec toutes les infos, c'est implacable. L'hôtelière prit mon visage dans ses mains et m'embrassa. C'était pas Frédo qui l'aurait défendue comme ça, une vraie mauviette le Frédo, alors que moi. Ce soir-là, je m'étais contenté de repousser un inconvenant. Pourquoi n'étais-je pas parvenu, le lendemain, à garder mon sang-froid ? Si tant est bien sûr, d'accord je suis nul en anatomie, mais quand même, qu'une température oscillant entre trente-six et quarante degrés puisse être considérée comme « froide ».

Comme vous avez pu le voir, je ne me suis pas trop étendu sur la journée du 3 septembre ; je ne m'attarderai pas davantage sur la soirée, que je passai dans la chambre de Simone. Nous étions rentrés au Marina, après avoir studieusement préparé nos paris pour les huit courses de la réunion à Pornichet (Simone avait été très impressionnée par ma méthode et l'application que je mettais à effectuer mes savants calculs), et l'hôtelière se piqua de préparer des œufs au plat que nous mangerions au lit. Mais quel lit ? Le sien bien sûr, de toute façon ma salle de bains était impraticable, je n'allais pas dormir dans la trois cent treize, et puis je n'étais plus un client comme les autres, clin d'œil complice. Passons donc sur ce qui advint à 22 h 12, 23 h 55 et 5 h 33 (les œufs au plat n'avaient pas assouvi l'appétit de Simone) et venons-en à la journée du vendredi 4 septembre, celle de l'hippodrome. Mon premier hippodrome. Et mon dernier. Ce matin-là, j'étais tout excité au réveil. Fi des retransmissions d'Equidia, sur de froids écrans en plasma dans d'obscures salles de PMU, là c'était sous mes yeux qu'allaient cavaler les chevaux sur lesquels j'avais misé. Hâte. Dès 7 heures, j'étais debout. Je pris ma douche dans la salle de bains de Simone. Il n'y avait ni hippocampe ni algues sur les parois, l'hôtelière ayant refusé à Frédo que cette salope de Naïma touche à quoi que ce soit dans sa chambre, pourquoi tu la traites de salope avait réagi Frédo, tu vois pas comment elle te chauffe avec son gros cul avait hurlé Simone, n'importe quoi avait nié Frédo, de toute façon je sais que tu vas craquer, avait prédit Simone, mais non c'est toi que j'aime, avait menti Frédo. Bref, pas d'hippocampe, et c'était bien mieux comme ça, on pouvait se laver les pieds sans être distrait dans cette périlleuse mission. À 7 h 22, j'étais prêt, habillé, et ne tenais plus en place dans les chaussons de Frédo, taille quarante-cinq, la même pointure que moi, que l'hôtelière avait ressortis du placard la veille. Je pouvais d'ailleurs les garder les chaussons si je voulais ; les pieds, il n'était pas près de les remettre ici, le Frédo. C'est à quelle heure déjà, l'ouverture ? demandai-je à Simone qui étalait encore toute sa paresse dans le lit. Laisse-moi émerger tranquille, Anatole, protesta-t-elle. On a le temps… La première réunion est à midi. Va te balader en attendant que je me prépare, si tu veux. Le si tu veux était injonctif ; j'obtempérai.

Je décidai de profiter du temps radieux et de la terrasse ensoleillée de La Caravelle. À cette heure, je ne courais pas le risque de tomber sur Alex, il devait dormir. Et puis, j'y avais repensé dans la nuit, comment suspecter un type qui revient sur les lieux du crime ? Oui, c'était vrai ça : si c'était le « Nantais » qui avait chouré le Multi en Quatre, jamais il n'aurait osé se repointer à La Caravelle. Lors de mes venues précédentes, j'avais fréquenté l'arrière-salle et la cour intérieure de l'établissement, au détriment de cette vue sur mer qui valait pourtant son pesant de cacahuètes à un euro. En me rendant au comptoir pour commander un café allongé, je vis que *Tiercé Magazine*, enserré dans une longue tige de bambou, était disponible à la lecture. Il n'y avait pas grand monde, aucun des turfistes qui monopolisent d'ordinaire ce journal. Je m'en saisis, choisis une table en terrasse, ouvris le quotidien et sortis de ma poche les tickets de PMU préparés avec Simone, pour comparer mes paris avec les avis des experts hippiques. Figurez-vous que, sur huit courses, mes calculs se rapprochaient pour moitié des pronostics de *Tiercé Magazine.* J'avais ainsi sélectionné Fakir de La Roche monté par Christian Boisnard dans la première course, Galaxy de Castelle avec Damien Boche dans la troisième, Bambino des Flots avec Olivier d'Andigné dans la cinquième et Élégant du Lupin avec Antoine Wiels dans la dernière. Pour les quatre courses où nos avis différaient, les prétendus experts de *Tiercé Magazine* et moi, je refis mes calculs, et non, vraiment je ne voyais pas comment ils avaient pu se tromper, les cons. Mettre Olivier Raffin sur Go Go Timoka dans la deuxième, Antoine Dabouis sur Chayane de Calvi dans la quatrième, Thomas Poutier sur Hide and Seek dans la sixième et Chloé Sabin sur Éclair Vivancière dans la septième, c'était une aberration. Je parlerais même de scandale, tant c'était une honte de faire perdre de l'argent à des lecteurs crédules. Enfin, tant pis pour eux. Tout le monde ne pouvait pas avoir une méthode aussi infaillible que la mienne. Je réglai mon café, remis l'exemplaire de *Tiercé Magazine* à sa place, Patricia, vous ne devriez pas laisser traîner ce genre de torchon sur le comptoir, c'est vraiment de la merde ce journal, et retournai à l'hôtel pour voir si Simone était enfin prête.

Elle ne l'était pas. Et ça commençait à m'énerver, car il était 9 h 22. Mais Anatole, on ne va pas y aller maintenant, il est 9 h 22. Selon cette rabat-joie de Simone, les portes n'ouvraient qu'une heure avant le début des courses, c'est-à-dire vers 11 heures. Oui, mais par exemple on pouvait être pris dans les embouteillages ou, pire, crever sur le trajet, lui expliquai-je pour justifier mon empressement, il ne fallait donc pas traîner. Bon, O.K., je finis mon café et je m'habille, répondit-elle tout en se dirigeant vers la salle de bains, sa tasse à la main. Ce n'était pas trop tôt. Je quittai la chambre en lui signifiant que je l'attendais en bas. Quarante-trois minutes plus tard, alors que je m'intéressais mollement à un livre sur le Général de Gaulle que j'extrayus de la bibliothèque, Simone fit son apparition dans le hall de l'hôtel. Tu cours dans quelle course ? Tu cours dans quelle course, cela m'était sorti comme ça, en la voyant vêtue d'une robe à carreaux jaunes et rouges qui ressemblait à une tunique de jockey. Qu'est-ce que je n'avais pas dit… J'aurais dû m'épargner cette blague contestable : vexée, elle tourna les talons aussi sec et j'en repris pour une demi-heure. Ce ne fut qu'à 10 h 46 que nous quittâmes enfin le Marina. Au volant, Simone boudait. J'avais pourtant tenté de rattraper le coup en lui dressant moult éloges sur la robe bleue qu'elle arborait désormais, mais non, elle continuait de bouder. Pour essayer de détendre l'atmosphère, je lui racontai que, quelques instants plus tôt, j'avais discuté avec Patricia, je n'avais pu m'empêcher de lui dire que je me rendais à l'hippodrome, et la patronne de La Caravelle m'avait appris qu'il y aurait plein d'animations en plus des courses. On attendait Marie Denigot, finaliste de l'émission *Danse avec les stars*, qui dédicacerait des posters sur un stand, DJ Éric qui animerait la terrasse avec un show tropico-zouk, et Jacques Ricou, ancien jockey cinq fois Cravache d'or, Jacques Ricou, tu te rends compte ? Non, Simone ne se rendait pas compte. En revanche, elle me surprit agréablement lorsque nous arrivâmes devant l'hippodrome. Elle s'introduisit sans hésiter dans une allée réservée aux « officiels », salua le vigile qui lui fit en retour un grand signe de la tête et gara la voiture à même pas vingt mètres de l'entrée. T'as le droit de te mettre là ? Tu oublies que je cours dans la cinquième, railla Simone qui tenait là sa p'tite vengeance. Ce que j'avais oublié, c'était qu'elle était la petite-fille de l'ancien secrétaire-trésorier du club hippique et que le vigile, c'était Christian, un cousin par alliance de sa sœur. Alors là, bien joué.

Le hall était gigantesque et ce sentiment d'immensité était accentué, car il n'y avait pas un clampin à cette heure-là, à l'exception d'un type qui s'affairait derrière les guichets de paris et de deux autres, en équilibre sur des chaises, qui tentaient, au péril de leurs abattis, d'accrocher un poster géant de Marie Denigot à une rambarde fixée à trois mètres du sol. Tu vois, je t'avais dit qu'il était trop tôt, ne manqua pas de souligner Simone, dont les piques retorses commençaient à m'agacer. Allons visiter les écuries, me proposa-t-elle, là au moins il y aura un peu d'animation, et puis tu me dois bien un verre pour te faire pardonner. Encore une flèche caustique, mais je ne pipai mot, trop content que j'étais de découvrir les lieux. Et c'est peu de dire que je ne fus pas déçu. Nous nous posâmes au comptoir d'une guérite située à la confluence du paddock et des écuries, et j'assistai, émerveillé, au ballet continu des chevaux qui allaient et venaient, tirés par des jeunes filles qui leur tapotaient la crinière tout en les amenant qui au lavage, qui à l'habillage. Nous restâmes une bonne demi-heure à observer ce magnifique manège, c'était impressionnant de contempler les chevaux de près, je n'aurais jamais cru qu'ils étaient si majestueux, ils semblaient tout petits sur Equidia, et nous reprîmes même une troisième tournée de muscadet. Et puis une voix cracha dans les haut-parleurs, qui nous souhaitait la bienvenue, les amis, pour cette première réunion de septembre. Nous terminâmes nos verres, direction les tribunes d'où venait cette voix qui annonçait la présence exceptionnelle de Marie Denigot, l'immense vedette de *Danse avec les stars*, et du grand champion Jacques Ricou, l'homme aux mille trois cent onze victoires et deux mille soixante et une places en quatre mille six cent soixante-neuf courses bonjour, Jacques, tu veux dire un mot ? Je hâtai le pas pour me rapprocher de l'endroit où était interviewé Jacques Ricou. Eh, pas si vite, tu oublies que je suis en talons, grommela Simone qui me suivait à deux mètres derrière. Et nous arrivâmes à hauteur du podium où causait l'ancien jockey. Oui, nous avons le grand honneur de compter parmi nous Jacques Ricou, cinq fois Cravache d'or, s'enthousiasmait le speaker. Jacques, qui a raccroché les bottes il y a deux ans, est aujourd'hui ambassadeur PMU. Alors, Jacques, explique-nous pourquoi tu as choisi cette nouvelle vie. Le speaker dut baisser un peu le micro du pupitre pour que ledit Jacques pût être audible. On me l'avait expliqué ça, que les jockeys n'étaient pas des grands gabarits, c'était d'ailleurs pour ça qu'on les embauchait. Je résume à grands traits, mais il était en charge, Jacques Ricou, de promouvoir le PMU auprès des présidents des sociétés de courses en France. Il était très content d'avoir intégré cette société. Ce n'était pas commun pour un ancien jockey, mais il avait longuement réfléchi à sa reconversion et il avait voulu rester dans le milieu des courses. Le PMU était indissociable de la vie des courses et il avait pensé que, si ses enfants avaient envie, plus tard, de reprendre les rênes, il fallait que les courses perdurent, et donc y contribuer était très important pour lui. Il avait donc souhaité apporter sa pierre à l'édifice, car il manquait, selon lui, un lien entre les parieurs et les professionnels. Aujourd'hui, en tant qu'ambassadeur, il avait l'impression d'apporter quelque chose à ce milieu très exigeant et de combattre les préjugés. Il appréciait aussi de montrer que les courses, ce n'était pas du hasard, mais un véritable sport. Derrière un cheval qui concourait, il y avait toujours un énorme travail. Ce fut sa conclusion. La vache, il parlait hyper bien, le gars. Un cador. Et puis j'étais d'accord avec lui : les courses, ce n'était pas du hasard, mais un véritable travail. Merci beaucoup, Jacques, reprit le speaker. Alors je vais te mettre à contribution. Peux-tu nous donner ton pronostic pour la première course ? Euh, les pronostics, ce n'est pas ma spécialité, opposa l'ancien jockey. Mais si, mais si, lâche-toi, le pressa le speaker. Jacques Ricou consulta en vitesse la brochure qui recensait l'intégralité des partants, avec leurs caractéristiques et les noms des jockeys, et s'exécuta : Trois, Sept et Cinq. Le Trois ? Mais pourquoi il dit le Trois ? Ce n'était pas du tout ce que j'avais calculé, moi.

Qu'est-ce que j'avais, j'étais tout pâle, me fit Simone en me tirant par le bras. Allez viens, je vais te montrer la terrasse. Tu vas voir, le point de vue sur le paddock est génial. C'est de là-haut qu'on apprécie le mieux la présentation des chevaux avant la course. J'étais groggy. L'uppercut de l'ancien jockey m'avait assommé. Moi, Anatole Bétancourt, le futur auteur de *Mon Quinté* par Anatole Bétancourt, j'avais méticuleusement calculé que Fakir de La Roche gagnerait dans la première et lui, le cinq fois Cravache d'or aux mille trois cent onze victoires, il entrevoyait

Fripon des Sables, monté par Frédéric X. Kœnig. L'avis des experts putatifs de *Tiercé Magazine*, je m'en foutais, mais qu'un crack comme Jacques Ricou désigne Fripon des Sables, c'était l'effondrement de mon château de cartes. Au bar de la terrasse, Simone nous commanda deux muscadets, non non demande-moi plutôt un double whisky. Je le bus d'une traite, puis en repris un autre tandis que Simone causait avec une de ses connaissances. Elle avait voulu me présenter à une certaine Marie-Laure, mais moi j'avais préféré rester seul et enfreindre la première règle d'or du turfiste. Oui, la première règle d'or de tout turfiste : ne jamais annuler un pari. Il y avait une borne sur la terrasse, il y avait neuf cents euros dans ma poche (que j'avais apportés au cas où), il y avait trois muscadets et deux doubles whiskys dans mon sang qui assurément dépassait les trente-six degrés, il y avait le doute instillé dans mon esprit par Jacques Ricou, il y avait tout ce qui m'était arrivé depuis deux mois qui remontait à la surface, bref il y avait beaucoup de raisons pour que j'en vinsse à déconner à plein tube. J'annulai donc mon ticket de cent euros sur Fakir de La Roche et ajoutai dans la borne l'intégralité du contenu de ma poche. Mille balles sur Fripon des Sables, c'était bien la moindre des choses vu ce qu'avait annoncé Jacques Ricou.

Simone, qui en avait fini avec sa Marie-Laure, revint me chercher pour que nous prenions place dans les tribunes. Sur ses conseils, nous nous postâmes pile au niveau de la ligne d'arrivée et attendîmes le début de la course. Et puis arriva le moment où les haut-parleurs se mirent à débiter un flot ininterrompu de commentaires. Et c'est parti, alors qu'on fait la faute avec Hollywood Shine le numéro Quatre Hollywood Shine qui n'a pas été remis et qui va perdre beaucoup de terrain on a vraiment assuré les premiers mètres tout à l'extérieur avec le favori Holmes qui est actuellement en cinquième position Hilton Dairy le Onze rétrograde sur faute direction le premier tournant Elia Derpay s'y présente en tête le numéro Onze qui a pu s'écarter et c'est donc Elia Derpay qui a l'avantage pour aborder ce premier tournant Haribo des Brouets vient ensuite et Edwige le numéro Dix progresse à l'extérieur quant à Holmes il laisse un petit peu passer l'orage les numéros Sept Douze et Huit ont été disqualifiés on n'hésite pas à venir en deuxième épaisseur avec Fripon des Sables qui fait maintenant le forcing et on accélère avec Illinois Fakir de La Roche ferme la marche Illinois qui passe en tête avec juste derrière lui Fripon des Sables qui produit un gros effort pour arriver à sa hauteur Arlette Carro s'est placée cinquième côté corde le favori Holmes passe à la contre-attaque désormais et accélère en troisième épaisseur pour aborder le deuxième tournant de cette compétition alors que Carbella le numéro Neuf vient de rétrograder sur faute c'est maintenant le numéro Treize Fatima de Mansion qui ferme la marche Fakir de La Roche est dans le dos de Harry le Beau en troisième épaisseur Illinois et Fripon des Sables mènent toujours les débats alors que nous approchons de la dernière ligne droite la victoire se disputera certainement entre ces deux candidats Fakir de La Roche produit un gros effort en extérieur il faudra tenir pour Fripon des Sables et Illinois Illinois qui va essayer d'attaquer dans les derniers mètres mais Fripon des Sables a toujours le meilleur mais attention Fakir de La Roche effectue un effort incroyable côté corde Fakir de La Roche déborde tout le monde et c'est finalement Fakir de La Roche qui l'emporte d'une encolure devant Fripon des Sables deuxième et Illinois troisième. Je vais le buter.

Je vais le buter, oui, c'est la seule phrase que je me souviens avoir prononcée. Tout ce qui advint par la suite, je vous jure que je ne m'en souviens plus. Ou du moins ça reste flou. C'est un officier de police, au commissariat de Pornichet, qui m'a expliqué que d'abord j'avais frappé Simone sous les yeux médusés des spectateurs, un scandale j'avais provoqué dans les tribunes. Oui, *a priori*, Simone n'arrêtait pas de gesticuler, j'étais trop fort, j'avais prédit que Fakir de La Roche gagnerait, elle le criait à tout le monde. Paf, une tarte dans sa gueule. Ensuite, il paraît que j'avais renversé trois personnes dans le hall en courant comme un fou à la recherche de Jacques Ricou. Selon le policier, j'avais fini par le débusquer sur un stand où, peinard, il signait des autographes, j'avais enjambé la table et je m'étais jeté sur lui. Paf, une patate. Paf, une deuxième. Les gens qui se trouvaient là tentèrent de me plaquer au sol, mais j'eus quand même le temps de lui en coller une autre au cinq fois Cravache d'or, paf celle-là tu l'as pas volée. Et puis on avait réussi à me neutraliser. Et puis on m'avait conduit au commissariat où on m'avait menotté et placé en cellule de dégrisement. Et puis on avait retrouvé mon nom dans le fichier. Les policiers de Pornichet avaient contacté ceux de Nantes. Les gars, on en tient un qui devrait vous intéresser. Et puis tribunal en comparution immédiate. Et puis verdict : complicité de blanchiment d'argent, coups et blessures, deux cents heures de travaux d'intérêt général, grosse amende, interdiction de fréquenter les champs de courses. Voilà, vous savez tout. C'est pour ça que je suis là, devant vous. C'est la première fois de ma vie que je fréquente un groupe de parole. Ça va ? Je n'ai pas été trop long ? En tout cas, je vous remercie de votre attention.

La photocomposition de cet ouvrage
a été réalisée par
GRAPHIC HAINAUT
30, rue Pierre-Mathieu
59410 Anzin

Imprimé en Espagne par
Liberdúplex
à Sant Llorenç d'Hortons (Barcelone)
en mai 2022

POCKET - 92, avenue de France - 75013 Paris

S32528/01